刺客三人

幡大介

双葉文庫

目次

この作品は双葉文庫のために書き下ろされました。

刺客三人

大富豪同心

第一章　赤猫が走る

一

盛夏《せいか》。

江戸中が煮えたぎるような暑さに包まれていた。浅草を水没させた長雨がようやく止んだと思ったら、今度は凄《すさ》まじい熱気が襲いかかってきたのだ。

深川の掘割に沿って瀟洒《しょうしゃ》な料理茶屋が建ち並んでいる。開け放たれた障子の外に簾《すだれ》など垂らして、いかにも涼しげな佇《たたず》まいだ。

しかし涼しげなのは見た目ばかりであって、その実は凄まじい熱気に晒《さら》されていた。

大川を渡ってくる風は、さながら竈《へっつい》から噴き上がる湯気のようだ。江戸中が鍋の底でジリジリと炙《あぶ》られているかのような、そんな酷暑が続いていた。

「あっついなぁ」

遊び人の朔太郎《さくたろう》は、はだけた胸元を団扇《うちわ》で扇《あお》ぎながら嘆息した。日は沈んだけれどもまだ暑い。日中と変わらぬ熱風が吹いてくる。朔太郎は単《ひとえ》の帷子《かたびら》を着ていたが、その生地もたっぷりと汗を吸っていた。

小太りの朔太郎は夏が苦手だ。ぷっくりと肥えた頬や喉、丸く突き出した腹などに、滴るほどの大汗をかいていた。

「暑いからと言って、暑い暑いと言われたら、余計に暑くなるではないか！」

朔太郎の有り様に憤慨したのは、越後山村《えちごやまむら》の大名、梅本帯刀《うめもとたてわき》の三男、源之丞《げんのじょう》である。座敷の奥にドッカリと胡座《あぐら》をかいて、傍《かたわ》らの芸者に金扇を扇がせていた。

源之丞は男伊達をなによりも重んじている。暑いから「暑い」、寒いから「寒い」、痛いから「痛い」などと口に出すのはもっとも恥ずべきことだと考えていた。

それゆえドンと構えて悠然と大盃を呷《あお》っているのだが、額から太い眉《まゆ》にかけてとめどなく汗が流れている。さすがの傾《かぶ》き者もこの暑さばかりは堪《こら》えかねている様子であった。

手にした大盃には、井戸で冷やした酒が注がれていたのだが、その冷や酒もみるみるうちに温かくなって、すでに燗酒《かんざけ》のようになっていた。

そして座敷にはもう一人、町人姿の卯之吉《うのきち》が座していた。こちらは帷子の衿《えり》も着崩さず、そのうえに絽《ろ》の夏羽織まで着けている。

絽の羽織はごく薄い生地で、下が透けて見えるほどだが、それでもこの酷暑に羽織というのは異常だ。しかも卯之吉本人が、いたって涼しげな顔をしているのが不思議であった。

卯之吉の身体は、体温を生み出す筋肉が極めて乏しい。箸より重い物を持ったことがなく、走ることさえほとんどない。どんな急用でもノロノロと、ナメクジのように歩む男だ。そのうえ体脂肪も少ないので、夏の暑さはそれほど身に堪《こた》えないのである。


この三人は身分は違えど親しい飲み友達であった。時折連れ立って飲み歩く。

今日はちょっと深川まで足を伸ばしてみようか、という話になったのだ。

深川は低湿地の埋め立て地であり、至る所に掘割がある。堀には水がとめどなく流れているから、さぞかし涼しかろうと思ったのである。

ところが案に相違して、深川に着いてみれば掘割の水はすべてぬるま湯だ。汲み上げて風呂屋に持っていけば、そのまま湯船に張ることができそうなほどである。

深川は常時、湿っているような場所なのだが、その湿気が陽炎《かげろう》となって立ちのぼり、町中を高温の温気《うんき》で包んでいるような有り様だった。

「こりゃあたまらん、まるで風呂の中にいるみてぇだぜ」

朔太郎がまたしても愚痴《ぐち》をこぼした。

風呂とは蒸し風呂のことだ。湯に浸《つ》かるのは〝湯《すた》〟である。江戸の町では皆が湯に浸かる習慣が広まったので、風呂はほとんど廃れた。

庄田《しょうだ》朔太郎は町人髷《まげ》などを結って遊び人に扮《ふん》してはいるが、その実体は寺社奉行所の大検使だ。町奉行所でいえば与力に相当する重職だった。

寺社奉行は数万石の大名が就任する役職である（町奉行は二千石程度の旗本が就任する）。数万石の大名の家来であるから、本来ならばそれはそれはお偉いご身分である筈だ。だから風呂などにも入った経験があるのだろう。

とはいえ、遊里に乗り込んできている間は、互いの身分には関知しない。朔太郎は、卯之吉が南町奉行所の同心であることも知っていたが、あくまでも遊び人の朔太郎さんと、放蕩《ほうとう》息子の卯之さんで通していた。

「こう暑くっちゃ、やりきれねぇ」

執拗《しつよう》に暑い暑いと嫌がらせのように繰り返しながら朔太郎は、窓辺から座敷の真ん中に戻ってきて大胡座をかいた。

「お前《め》ェさんのところのお役人様がたはどうなさっていらっしゃるね？」

朔太郎が卯之吉に訊ねた。卯之吉はわずかに苦笑して答えた。

「皆様、このお暑いのにも拘わらず、お役目に励んでいらっしゃいますよ」

それぞれの掛かりの詰所に集まって、机を並べ、汗を滴らせながら黙々と行政書類に筆を走らせている。

朔太郎は皮肉げな顔つきになった。

「さすがはお江戸の町を差配なさってるお役人様方だ。頭が下がるぜ」

などと言いつつ、顔つきは呆《あき》れ果てた様子であった。

卯之吉は朔太郎に訊ね返した。

「朔太郎さんのほうはどうですね？　なんぞ、涼しくなるお話はございませんかねぇ」

「涼しくなる話って、なんだい？」

「だってほら、朔太郎さんのお掛かりは、こっちのほうでしょう」

卯之吉は両手をダラリと下げて、幽霊の姿を真似た。

「冗談じゃねぇ。怪談話と一緒にするねぇ。この季節に墓場なんかを廻ったって、藪蚊《やぶか》に食われて痒《かゆ》い思いをするだけだぜ」

「さいですか」

「なんだえ。お前ェさん、怖い話のほうは大の苦手だったんじゃねぇのか」

「はぁ。仰る通りなんですがね。しかしあんまりにも暑いのでねぇ。これだけ暑いと、怖い思いをしたくないという気分よりも、ゾッとしたいという気分の方が勝るようでございましてねぇ」

「勝手な言い種だぜ」

「ええ左様ですとも。あたしはずっと、手前勝手に生きて参りましたもので」

しれっと答えて卯之吉は盃を呷った。

その時、

「うおおおおおおっっ！」

獣の吠えるような声がした。卯之吉と朔太郎は驚いて目を向ける。大の字になって立ち上がった源之丞が、帯を解き、褌《ふんどし》一丁の裸体になると、そのままドタドタと畳を蹴立てて窓へ突進した。二階の窓から宙に身を投げる。屋根の下は掘割だ。ドボーンと大きな水音が聞こえてきた。

「なんでぇ、ありゃあ」

朔太郎が呆れ顔をした。

「放っておきましょう」

卯之吉は涼しい顔つきで盃を取った。

「それはそうと、卯之さんよ」

朔太郎が顔つきを改めて、小声で囁《ささや》きかけてきた。外では源之丞が抜き手を切って泳いでいるのだろう。大きな水音が聞こえてくる。座敷にいた芸者たちも窓辺に寄って歓声を上げ、源之丞の肉体美を鑑賞している。朔太郎の囁き声に気づいた者はいなかった。

「ゾッとする話って言えばお前ェさん、墓場よりも牢屋敷のほうだぜ」

「牢屋敷？　小伝馬町《こでんまちょう》の、ですかえ」

小伝馬町の牢屋敷には、町奉行所が捕らえた罪人たちが収監されている。

「おぅよ」

朔太郎はますます声をひそめさせた。

「お前ェさんの命をしつこく狙っていたお峰《みね》って女狐《めぎつね》が、まだ爪印を押しやがらねぇ。こいつはちっとばかり、面白くねぇ話じゃねぇか？」

牢屋敷では町奉行所の吟味方与力が罪人を取り調べ、犯した罪を認めさせる。罪を認めた罪人は、口書きという書状に爪印を押す。この書状を元に、お白州で裁きが下されるのだ。

罪人が罪状を認めないうちは、どれほど罪科が明々白々であろうとも、刑罰を言い渡すことができない。罪人は延々と牢屋敷に居すわり続けることになる。

「それは、大変ですねぇ」

卯之吉がなにげなく相槌を打つと、朔太郎はますます呆れ顔となった。

「なにが、大変ですねぇ、だよ。他人事みてぇに言いやがって。お峰の罪科は他でもねぇ。南町の八巻《やまき》様のお命を狙ったってぇ大罪だぜ。だからこそ、余罪ことごとく吟味——なんていう、面倒くせぇ話になってるんじゃねぇか」

「ははぁ」

「お峰にゃあ山嵬坊《さんがいぼう》っていう悪僧が裏についていやがる。寛永寺さんの権威を笠に着て、下谷広小路《したやひろこうじ》で好き勝手にしていやがった大悪党だ」

「はぁ、そのようでございますねぇ」

卯之吉は箸で焼き魚の身をほぐしながら、気のない様子で答えた。それとは気づかず朔太郎は、腕組みをし、眉根をひそめながら続けた。

「その山嵬坊も下谷広小路から姿を消した。八巻様の手が伸びてくるのを恐れてのことに違《ちげ》ぇあるめぇ。だが、これで大人しくしている悪党どもじゃねぇ。必ずや、八巻様の鼻をあかしてやろうと、何事か企《たくら》んできやがるのに違ぇねぇんだ」

「怖いですねぇ」

卯之吉は綺麗にほぐれた魚の身を口に運んで、モグモグしながら、そう言った。

二

お峰は牢屋敷の女牢の中にいる。

牢屋敷にはいくつもの牢があった。質《たち》の悪い極悪人が入れられる〝大牢〟と、過失や一時的な気の迷い、止むに止まれぬ理由などで捕らえられた者が入る〝百姓牢〟とに分けられていた（他にも士分の者や僧侶が入れられる揚がり座敷とい極悪人ばかりが入牢している女牢に叩き込まれたお峰であったのだが、瞬《また》く間に牢名主へと上りつめた。お峰の悪名は悪人どもの間でも名高い。「男の首でも一打ちに刎《は》ね飛ばす」と恐れられたお峰に逆らうことができる者など、お江戸の牢屋敷にもいなかった。

牢は当然に風通しが悪い。小さな窓がいくつか開いているだけだ。ただでさえ暑いのに、女たちが何十人も押し込められているのである。夜になっても下がらぬ気温と、女たちの身体から立ちのぼる温気とが合わさって、まさに蒸し風呂の様相を呈していた。

こんな環境で安らかに就寝できるはずがない。女たちは、囚人のお仕着せの灰色の帷子を、諸肌脱《もろはだぬ》ぎにしている。

剝《む》き出しの乳房を汗で濡らした姿は、それなりに艶《なまめ》かしいものだ。牢番や牢役人の中には不心得者がいて、女たちに小金を握らせたり、様々な便宜を計ることを約束して、その肌身をモノにしようとする。

女罪人も、今生の名残とばかりにまぐわいを楽しんだり、小金目的に身体を許す者もいた。

女牢の外の鍵が開かれる音がした。続いて重い扉がゴロゴロと開けられた。牢番が一人の女罪人を引いてくる。散々に楽しんだのであろう。牢番は満足そうな薄笑いを浮かべていた。

牢番は女牢の鍵を開けて、女罪人を牢内に押し込んだ。扉を閉め、鍵を掛けると、あとはもう、後ろも振り返らずに去っていった。

お峰は女罪人を鋭い眼差しで見つめた。

「こっちにおいで」

女罪人は帷子の衿を搔《か》き合わせながら、腰を折りつつ、見張り畳の前にやってきた。

見張り畳とは、牢役人（牢内の囚人に割り当てられた役）の身分に応じて重ねられた畳のことである。この牢ではそこにお峰が悠然と座っていた。

「お峰さん、これを……」

女は大事そうに抱えてきた紙の束を、お峰に差し出した。

気弱で儚《はかな》げな姿であるが、この女も、娑婆《しゃば》ではいくつもの悪事を重ねた女狐だ。それなのに小娘のように怯《おび》え、顔色もなくしている。お峰の悪名はそれほどまでに凄まじいものであったのだ。

「お峰さんに言われた通りに、お峰さん宛の手紙を受け取ってきたよ」

今宵《こよい》、この女が牢番に身体を許す条件は、お峰宛の手紙を引き渡してもらうこと、だったのだ。

同心殺しを策したお峰には、外からの連絡は一切通じない。手紙や差し入れはすべて、牢役人の手で預かりとなってしまう。

お峰はその手紙を手に入れるために、この女罪人に、身体を売るように命じたのだ。

「お寄越し」

お峰は手紙を手に取ると、窓から漏れる月明かりにかざして読み始めた。大雑把に読むと、ニヤリと、不気味な笑みを口元に浮かべた。青い月光に照らされた笑顔が不気味だ。女罪人はますます震え上がった。

「あの、お峰さん……」

恐る恐る、小銭を差し出してくる。

「これも、牢番にもらったから……」

牢番から受け取った物はすべてお峰に差し出しておかないと、あとでどんな折《せっ》檻《かん》を受けるかわからない。それを恐れて女罪人は、お峰に金を渡そうとした。しかしお峰は受け取らなかった。

「あんたが稼いだ銭さ。とっておくがいいよ。島でも銭は要り用だろうからね」

遠島で流される大島にも市はある。流罪人《るざいにん》たちは金銭がなければ何も買えない。

「い、いいのかい……？　ありがとうよ」

女罪人は小銭を握り直すと、そそくさとお峰の前から下がっていった。

お峰は、なにを思ったのか、読み終えた手紙を細かく切り裂き始めた。

三

南町奉行所の定町廻同心、玉木弥之助《たまきやのすけ》は、手札を与えている岡っ引き、烏金《からすがね》ノ小平次《こへいじ》を引き連れて亀井町《かめいちょう》の辺りを流していた。小伝馬町にもほど近い。

玉木は朦朧《もうろう》とした顔つきと足取りで、夜道をふらふらと歩いていく。

「で、大丈夫《でえじょうぶ》ですかい、旦那」

烏金ノ小平次が玉木に手をさしのべた。うっかりすると玉木はその場にだらしなく崩れ落ちて昏睡してしまいそうなのだ。

仕方なく小平次は、玉木を背中に担ぐことにした。

（まったく、旦那も意地汚《きたね》ェ）

「プハーッ、プハーッ」と、酒臭い息を吐く玉木に辟易《へきえき》しながら、小平次は心の中で毒づいた。

橋本町《はしもとちょう》の商家の若旦那が質の悪い美人局《つつもたせ》に引っかかった。相談を受けた小平次が悪党と悪女の一派を追い払い、そのお礼に、ということで、饗応を受けることになったのだ。

最初から最後まで、話に筋をつけて始末したのは小平次だったのだが、なぜかは知らず、玉木が、自分の手柄顔をしてついてきた。

そうして人一倍に飲み食いをし、礼金を懐に納め、あろうことか、泥酔した身を小平次に預けているのである。

小平次とすれば、とんだ面の皮だ。

（先代様は、あんなにご立派な同心様だったってぇのに）

憤りを通り越して呆れる思いだ。さらに言えば、手札を預かる岡っ引きとして、玉木家のことが心配になってきたほどだった。

玉木家の先代は、それはそれは見事な人物で、頭も切れれば人情も解する、そのうえ粋で姿も良いという、非の打ち所のない町方同心であった。長年に渡って定町廻を務めて、悪党どもを震え上がらせ、あるいは心服させてきた。

（そのお種から生まれたってのに、どうしてこんなに役立たずなんだろうなぁ）

父親の遺徳で定町廻に就いてはいるが、とてものこと、その大役が務まる器量には見えない。小平次のような、先代から仕える岡っ引きが盛り立てているからこそ、どうにかこうにか、お役が務まっているような有り様だった。

小平次は烏金を稼業としている。烏金とは、百文の銭を早朝、烏が「カァ」と鳴く時刻に貸し出して、その日の夕方、烏が「カァ」と鳴く時刻に、利子をつけて徴収する高利貸しのことである。

利息は十文。棒手振《ぼてふ》りの担ぎ商いが、百文で仕入れた品を一日中売って歩けば百三十文程度の稼ぎとなる。元手を引いた三十文の儲けのうちの、十文を受け取るわけだ。

小平次は棒手振りたちに貸すための銭緡《ぜにさし》をいつも腰からぶら下げていた。銭緡とは一文銭を百枚集めて真ん中の穴に紐《ひも》を通して結んだ物だ。

金貸しは濡れ手に粟の商売だが、舐《な》められて踏み倒されないだけの貫禄と凄《すご》みが必要だ。時には温情を見せることもあるのだが、小平次に恩を売られた者は、小平次のために働かされる手下にならざるをえなくなる。いわゆる下っ引きだ。

小平次は強面《こわもて》の男っ振りと借金で縛るやり方で多くの者を従えて、岡っ引きの親分として君臨してきた。ある意味でかなりの悪党であった。その小平次が生涯ただ一人、心を寄せた役人が、玉木家の先代だったのだ。先代の恩に報いるために小平次は、先代の遺児、弥之助のために働いてきた。

(だけどよ、さすがにオイラも愛想が尽きつつあるぜ……)

どうしてあの旦那から、こんなろくでなしが生まれてしまったんだ、と小平次は再び、ため息をついた。

玉木弥之助は完全に寝入ってしまったらしい。小平次は弥之助を背負い直した。

(先代様みてぇな、大きな器量を持った旦那に、お仕えしてぇなぁ)

夜空を見上げているうちに、人知れず涙がこぼれてきた。

(今の南町で、先代様に匹敵する器量人と言えば……)

八巻の旦那しかありえない。小平次はそう確信した。

(あの旦那は本物だぜ)

まず第一に剣の腕が立つ。巷《ちまた》では、江戸でも五指に数えられる剣豪、などと噂されていた。実際に大勢の悪党どもを一刀の下に切り捨ててきたのだ。その腕前は本物であった。

（それでいて、あのお姿の美しさはどうだい）

スラリと痩身で色白の美貌。江戸の女たちは、老いも若きも声を揃えて「江戸三座の看板役者に勝るとも劣らぬ」と称賛している。

（そしてあの気っ風の良さ）

町方の役人といえば意地汚いことでも有名だ。町人たちにたかって、賂《まいない》をせしめることばかり考えている。

ところが八巻の旦那に限っては、町人からの礼物には目もくれない。見事なまでに清廉潔白なのである。

それでいて、小者や岡っ引きたちにはふんだんに小遣いを弾んでくれる。自分が使っている小者だけでなく、他の同心の下についている岡っ引きや下っ引きにまで、惜しむことなく小遣いをくれるのだ。

（あんな同心様は滅多にいねぇ。まさに、先代様の生まれ変わりだ）

などと小平次は思うのだ。

小平次は、ポチャポチャと太った弥之助を、苦労しながら運び続けた。

道の脇には掘割があって豊かな水量を湛《たた》えていた。

この水堀は竜閑橋《りゅうかんばし》から引き込まれ、今川橋《いまがわばし》を通って橋本町で直角に折れ、浜《はま》町《ちょう》から大川の河口に抜ける。江戸の町人地の中心を貫いていて、江戸の水運の一端を担っていた。

（しかし、なんだか薄ッ気味の悪りィ夜だぜ）

掘割からチャプチャプと、水の弾ける音が聞こえてくる。暗い水面を覗《のぞ》きこむと、なにやら吸いこまれてしまいそうな心地がした。

小平次はそろそろ老境に達しようかという年格好だ。河童《かっぱ》や川獺《かわうそ》の妖怪に怯えるような歳でもない。

しかし掘割は怪談抜きにしても恐ろしい場所であった。うっかりすると水死体と対面させられてしまうのだ。自ら死を選んで身投げする者も後を絶たないし、酔って足を滑らせて、そのまま溺れ死んでしまう者もいる。辻斬りなどの悪人に殺されて、投げ捨てられた死体も流れてくる。小平次はそれが稼業であるから年に何度かは、そのような無残な死体と対面させられていた。

うっかり川面などを覗きこみ、水を吸って膨れ上がった死体と顔を合わせたりしたら大変だ。小平次はブルッと身震いをして、足を急がせた。

急いでこの場所から離れたいのであるが、背中には良く肥えた玉木を担いでいる。思うように足が進まない。

（いったい何を食えば、こんなに太るんだよ）

内心で愚痴をこぼしながら、だらしのない主を背負って進んでいると、どこからともなく、波の弾けるような音が聞こえてきた。

最初は気のせいか、と思った。しかし、掘割に面した土蔵の白壁に反響して、確かに、水波の立つ音が近づいてきたのだ。

小平次は足を止めて耳を澄ました。

（舟だ）と直感した。舟の舳先《へさき》が水面を切り裂きながら進んでくる音に間違いない。続いて、ギイッ、ギイッという、櫓《ろ》を漕《こ》ぐ音まで聞こえてきたのだ。

（いってぇ、こんな夜中に、誰が舟を漕いでいやがるっていうんだい）

商家に頼まれた船頭が荷を運んでいるとは思いがたい。江戸への物資は海を回船で運ばれてきて、湊《みなと》で小舟に移し替えられる。こんな夜中に荷揚げする舟などあろうはずがない。暗闇で粗相をして、大切な荷物を水に落としたりしたら大変だからだ。

吉原などの遊里に向かう遊び人か、とも思ったのだが、吉原の大門も夜四ッ(午後十時)には閉じられる。今から舟で乗りつけても間に合わない。

(なんとも胡乱《うろん》な舟だぜ)

次第によっては詮議《せんぎ》をしなければなるまい。小平次は帯の後ろに差した十手を握ろうとして手を背後に回したのだが、十手の代わりにムニュッと柔らかい、玉木の脇腹を握ってしまった。

そうこうするうちに舟が姿を現した。夜にもかかわらず、舳先に提灯《ちょうちん》も下げてはいない。これはいよいよ怪しいと小平次は思ったのだが、背中の玉木がどうにも邪魔だ。

この旦那を担いでいたら捕り物にならない、と考えたのだがしかし、まさか、大事な旦那を地べたに転がすわけにもいかない。

「しょうがねぇなぁ」

小平次は近くにあった稲荷の社《やしろ》の陰に玉木を運んだ。町人どもにみっともない姿を見られないように急いで隠すと、大慌てで掘割端に戻った。

「やいッ、そこの舟、待ちやがれッ」

居丈高《いたけだか》に声を放つ。

「こっちは南町の玉木様から手札を預かる小平次ってモンだ。お上の御用だ、舟をこっちィ寄せやがれ」

十手をチラつかせつつ手招きしたのであるが、舟は何も聞こえなかったように、掘割を進み続けた。

舟は一丁櫓の猪牙舟《ちょきぶね》だ。船頭が一人で操っているのだが、その船頭もほっかむりで顔を隠している。舟の上には何かが積まれている様子で、その何かは莚《むしろ》で覆われていた。熟練者の小平次は、莚の下には人が屈んでいるのではあるまいか、と看破した。

「やいッ、止まれ！　町奉行所の御用だぞ。お上に楯突《たてつ》く気かッ」

怒鳴りつけたのであるが、船頭は相も変わらず無視してかかっている。あるいは耳が聞こえないのでは、と思わせるほどだ。

「野郎ッ。この小平次親分を舐めやがって！」

小平次は掘割に沿って走った。舟の行く先に橋が架かっている。先回りして橋の真ん中に立ち、怪しい舟を待ち構えた。

小平次は橋の欄干を飛び越えた。目測違《たが》わず、猪牙舟の上にドンッと飛び下りる。舟は大きく揺らいだが、なんとか転落を免れた。

「野郎ッ、神妙にしやがれってんだ！」

十手を突きつけながら船頭の方に向かおうとした瞬間、足元の莚がバッとはね除《の》けられて、黒装束の男どもが三人、飛び出してきた。

「やっぱり隠れていやがったか！」

これも折り込み済みである。小平次は油断なく十手を構えて黒装束どもを睨《にら》みつけた。

黒装束どもは懐に片手を突っ込んで、隠し持っていた匕首《あいくち》を引き抜いた。小平次は「ムッ」と呻《うめ》いた。

（コイツら、曲事《くせごと》に慣れていやがるな！）

匕首の刀身には墨が塗られていたのだ。闇の中でも刃物は目立つ。何かの光をギラリと反射させてしまうからだ。そうならない用心として刃物を真っ黒に塗っている。悪事の経験を積んだ極悪人どもだと考えるより他にない。

そんな悪人が三人、船頭を含めると四人も、小平次の前に立ちはだかっている。しかもここは舟の上だ。

小平次は怒気を発して叫んだ。

「無駄な悪あがきをするんじゃねえっ！　神妙にお縄につきやがれ！」

直後、先頭の黒装束が音もなく踏み出してきた。黒塗りの匕首が鋭く突き出されてくる。

小平次は十手で打ち払った。

二合、三合、結び合う音が続いた後、大きな水音が響きわたった。

大きな物音はそれっきりで、そのあとは静かに櫓を漕ぐ音だけが、ゆっくりと遠ざかっていったのであった。

四

お峰は女牢の見張り畳の上に、まんじりともせずに座している。

足元の板敷きには女たちが肌も露《あらわ》に寝ころがっていた。深夜になってもまったく涼しくならない。誰も彼もが寝苦しそうに喘《あえ》いでいた。

牢の窓から時ノ鐘が響いてきた。暁九ッ（深夜十二時）。お峰はカッと双眸《そうぼう》を見開いた。

お峰は、入牢の日から毎日のように、きつい詮議を受けていた。同心殺しを企てた大罪人であるから、吟味方与力も念を入れて責めたてる。肉体的にも精神的にも疲れきっていたはずなのだが、お峰は覇気に満ちた眼差しで、牢の外を睨みつけた。

やがて、ボンヤリと、紅い光が遠くに灯《とも》った。

最初は極々小さく見えた光であったが、やがて大きな炎となり、ついには天を焦《こ》がす火事となった。けたたましい半鐘の音が聞こえてくる。牢の女たちは皆一斉に跳ね起きた。

「なんだい、火事かい」

皆で窓に顔を寄せる。

「近いよ！　こっちに燃え広がってくる！」

女たちは即座に恐慌状態に陥った。牢に入れられるような悪女たちでも、こういう時の反応はそこいらの娘たちと変わらない。悲鳴を上げて、わけもなく慌てふためいて走り回った。

「出しておくれ！　ここから出しておくれよ！」

女たちは牢の格子に取りすがって、必死の形相で牢番を呼んだ。火事が牢屋敷に燃え移っても囚人は逃げられない。牢の中で折り重なって焼け死ぬばかりだ、と、恐れたのだ。

「あたしの咎《とが》はせいぜい遠島だよォ！　火炙りなんて御免だよ！　出しておくれよォ！」

遠島刑をくらうほどの大罪人なのに、幼女のように泣きじゃくっている。

他の者たちも夢中で格子を叩いたり、爪を立てて引っかいたりした。爪を立てたぐらいでどうこうなるものではないのだが、そんな判断すらできなくなっているようだ。

「落ち着くんだよ！」

お峰は見張り畳の上から一喝した。女たちはハッとしてお峰に目を向けた。

お峰は、子供に教え諭《さと》すような、ゆっくりとした口調で続けた。

「牢屋敷に火が入れば、あたしらは牢から解き放たれるんだ。だから、慌てるんじゃないよ」

「そ、それは本当かい」

牢内では二番役（牢名主を補佐して牢内を仕切る役）に就いていた、四十ほどの女が、肥えた肉を震わせながら訊ねた。両手で見張り畳の縁に取りすがってきた。

お峰は決然と頷《うなず》いた。

「ああ、本当さ。牢奉行は火事の時には囚人を外に放つ。昔ッからこのお江戸では、そういう仕来りになってるんだ。だから案じることはないんだよ」

この慣習を〝切放《きりはなち》〟という。

お峰が落ち着きはらっているのを見て、女たちもようやく、落ち着きを取り戻した。

その顔つきを眺め渡しながら、お峰は言った。

「だからね、あたしらは火事をこの牢内に引き込まなくちゃならない」

二番役が訝《いぶか》しげに聞き返した。

「引き込む？」

お峰は大きく頷いた。

「赤猫を這わすのさ」

二番役を含めた女たちの何人かが、ハッと顔色を変えた。その何人かだけは、赤猫の意味を知っていたのだ。

「お峰姐《ねえ》さん！」

二番役が期待を籠《こ》めた眼差しで身を乗り出してきた。お峰はその鼻先に握り拳を突き出した。その拳には、例の手紙を細く千切った紙切れが握られていた。

「みんなでこれに火の粉を移すんだよ。そして牢内に火を放つんだ」

女たちは一斉に手を伸ばして紙切れを受け取ると、窓の細い隙間から突き出した。杓文字《しゃもじ》の先にくくり付けて、その分だけ遠くに出そうとする者もいた。

その苦労の甲斐《かい》あって、火の粉が牢内に引き込まれた。お峰は布団を歯で切り裂いて綿を出すと、その綿を蒲《がま》の穂に見立てて、火の粉を包み込んだ。

火打ち石の火花を蒲の穂の上に落とし、息を吹きかけると火がつく。お峰は火の粉を消さないように注意しながら、静かに息を吹きかけた。女たちが息を飲んで見守った。

そしてついに、炎が紙片を燃えあがらせたのだ。女たちの顔が橙色《だいだいいろ》に照らしだされた。一斉に微笑んだその顔は、罪人とは思えないほど朗らかであった。

「火がついたよ！　さぁ、布団や帷子にどんどん燃え移すんだ！」

二番役には牢番を呼ぶように命じた。

二番役は太った身体を震わせて、声を限りに叫んだ。

「火が回りましてございますッ！　お役人様！　牢内が火事でございます！」

牢屋敷には牢番の他、囚獄（俗称は牢奉行）と配下の与力、同心が日夜、詰めている。

牢屋敷は彼らの役宅でもあった。囚獄の石出帯刀《いしでたてわき》（代々帯刀を襲名する）と配下の者たちは、牢屋敷の敷地内に屋敷や長屋を建てて住み暮らしていたのだ。牢屋敷には死罪の者を打ち首にする刑場もある。そんな所で生活せねばならぬのだから、いかに大切な役目とはいえ囚獄とその配下、その家族たちの苦痛は、並々ならぬものがあったはずだ。

役人たちは、すぐに牢屋にすっ飛んできた。牢内に火が上がっていることを認め、牢番に牢を開けるように命じる。別の役人が急いで石出帯刀の許に走った。

「出ろッ！　牢から出たら、御門の前の広場に集まれッ」

牢が次々と開けられる。囚人たちは男も女も、百姓牢の百姓も、揚がり座敷の武士や僧侶も、急いで表に逃げ出した。

とはいえそれで切放ではない。牢屋の表門は厳しく閉ざされている。行き場をなくした囚人たちが右往左往していると、牢屋敷の奥から石出帯刀が、陣笠に陣羽織、袴《はかま》を穿《は》いて、手には馬上鞭を握りながらやって来た。

正装であるのは、切放が公儀の大事な役目だからである。

「皆の者、聞けッ！」

石出帯刀は大声を張り上げた。

「牢屋敷が火事となった。これよりそなたたちを切放といたす！　ただし、努々《ゆめゆめ》逃げようなどとは思うな！　これより三日の内に、南北の町奉行所か、回向院《えこういん》の境内に戻って参れ。神妙に戻った者にはお上よりの慈悲がある。罪一等が減じられるのだ！」

死刑にもいろいろあって、辛く苦しい責め苦を伴う死刑もあれば、ひと思いに死ねる死刑もある。なにより重要なのは、親族が連座となるかどうかだ。罪一等が減じられるというのは、罪人にとっても、その家族にとっても、極めて重大なことだった。

他にも、死罪の者が永遠島（終身遠島）になることもあるし、永遠島の者は、赦免《しゃめん》つきの遠島になっていずれは江戸に戻って来ることができる。赦免つきの遠島の者は所払いで済むのだ。

これは正直者に対する大きな恩典であった。

「ただし！」と、石出帯刀は囚人どもを睨みつけた。

「刻限までに戻らなかった者には、きっと獄門の沙汰《さた》が下される！」

所払いや過料で済むはずだった者も、町奉行所や回向院に出頭しなければ獄門台の晒し首となってしまうのだ。

「皆の者、心得たな！」

四人たちの「へーい」という返事を聞いて、石出帯刀は牢番に、

「門を開けよ！」

と命じた。

門がギイッと押し開かれる。石出帯刀は門に向かって馬上鞭をビュッと振った。

「行けッ」

四人たちが弾かれたように走りだした。こけつまろびつし、あるいは前を行く者を突き飛ばしながら門を出ていく。

「久しぶりの娑婆だぜ！」

「命の洗濯だ！」

三日間の期限つきで飲み食いしたり、女の肌を抱いたりできる。

四人たちは歓喜の笑い声を上げながら、勝手気ままに通りを走った。火事の炎に照らされたその姿は、まさに百鬼夜行の恐ろしさであった。

五

「お峰姐さん！　こっちだよ」

通りを走るお峰に、物陰から声をかけてきた者がいた。

お峰はチラリと目を向けた。

「ああ、あんたかい」

その女には見覚えがあった。吉原で手懐《てなず》けていた安女郎の一人だ。

「確か、お糸《いと》っていったっけね」

「あい。吉原では姐さんに、ずいぶんと良くしていただきました。姐さんが仕掛けた策のお陰で、こうして、吉原を出ることができたんです」

お峰は卯之吉を暗殺するため、吉原に大混乱を引き起こそうと策した。吉原の四方の囲いを破り、岡場所の女たちや、年季で縛られた遊女たちを逃がしたのだ。

お峰による卯之吉暗殺は失敗に終わったけれども、何人かの女たちは自由を手に入れることができた。そしてお糸は、その恩返しのために、赤猫の手伝いをしたのであった。

「とりあえず、あたしの塒《ねぐら》に移ってください。その格好じゃどこへも行けやしませんから」

お峰は灰色の帷子一枚だ。一目で切放の囚人だと分かってしまう。

お峰は頷いた。

「あいよ。それじゃあ世話になるとするよ」

二人の女が、火事の明るさを嫌うようにして、闇の中へと消えた。


「おや?」

卯之吉が顔を上げた。

「なんだろう。やけに騒々しくはございませんかえ?」

窓のほうに顔を向けて小首を傾《かし》げる。源之丞と朔太郎は、もっと不思議そうに首を傾げた。

「騒がしいと申して、ここは深川だぞ。騒がしいに決まっておろうが」

そう答えたのは、掘割から戻ってきたばかりの源之丞だ。

源之丞が座る窓辺の向こうからも、騒々しい管弦や歌声などが聞こえている。

「そうじゃあございませんよ」

卯之吉は窓の手摺《てす》りから身を乗り出して、北西の空を仰いだ。

「ほら、なにやら空が紅く照っていやしませんかね」

「なにっ！」

それは聞き捨てならぬと、勢い込んで立ち上がった源之丞が、卯之吉と同じようにして大きく身を乗り出した。

（そんなに身を乗り出したりしたら窓から落ちやしませんかね）

と卯之吉は思った。

「おお！　確かにあれは火事だ！　火事の炎が天を焦がしておるぞ！」

源之丞は大の火事好き、火事場見物好きだ。階段を降りて土間に向かうのも面倒だと、そのまま手摺りを乗り越え、屋根の瓦を踏んで、下の通りに飛び下りた。

脇目もふらずに通りの真ん中を突っ走っていく。

「おやおや」

卯之吉は呆れた。

「一晩に二回も窓から飛び出して行くなんて。世の中には、おかしなお人がいらっしゃったものですねぇ」

「お前ェさんほどおかしかぁねぇよ」

朔太郎はそう言ってから訊ねた。

「火事場は、どのあたりだい」

卯之吉は丁寧《ていねい》に膝を折って、席に座り直してから答えた。

「さぁてねぇ。あの方角からすると、小伝馬町のあたりでしょうかねぇ」

盃を手にして優雅に呷る。

「ああ美味しい」

濡れた口元を莞爾《かんじ》と笑ませた。

六

翌朝、卯之吉は二日酔いに悩まされながら、南町奉行所に出仕した。

同心詰所の入り口近くに強面の男たちが屯《たむろ》している。この男たちの名目は〝同心の家に仕える小者〟だが、実際には岡っ引きだ。町人地を仕切る顔役に手札と十手を預けて、走狗《そうく》として使っているのである。

卯之吉は岡っ引きたちを見て、「おや」という顔をした。

「親分さんたち、なんだか殺気立っていなさるようだねぇ」

「へい。さいで」

銀八《ぎんぱち》も目の上にちょいと小手をかざして、滑稽《こっけい》な顔つきで一同を見渡してから答えた。

「いったい、なにがあったのでげしょう」

卯之吉も銀八も明け方近くまで宴席を張っていたので、牢屋敷での騒動に気づいてはいなかった。火事場見物に向かった源之丞もそのまま帰って来なかった。

「おや。烏金の親分が、ずいぶんとしょげていなさるよ」

いつもは古参の岡っ引きとして、若い岡っ引きたちをビシビシと仕切っているのに、今朝はまったく顔色がない。

「なんだか一晩で、十も二十も歳をとってしまったみたいなお姿だねぇ」

悄然《しょうぜん》と立つ小平次を横目で見ながら卯之吉は、上がり框《かまち》を踏んで奉行所に入った。

同心の詰所に踏みこむなり、筆頭同心、村田銕三郎《むらたてつさぶろう》の怒鳴り声が降ってきた。

「やいっ、ハチマキ！」

「あ、あいっ」

二日酔いもいっぺんに醒《さ》める。卯之吉はその場でピョンと飛び上がり、空中で膝を折って、正座の格好で着地した。

「な、なんでございましょう……？　あたし、また何か、不始末をしでかしましたかね？」

卯之吉の惚《とぼ》けた物腰はいつものことだ。つきあっていたら日が暮れてしまうとばかりに村田は、早口で怒鳴り続けた。

「なんでございましょう、じゃねぇッ！　手前ェ、昨夜《ゆんべ》の切放を知らねえのかッ」

「はぁ、切放でございますか」

卯之吉も江戸育ちだから、切放の意味ぐらいは知っている。江戸は十年に一度は大火に見舞われる。牢屋敷に火が迫るたびに罪人が放たれるから、誰でも人生のうちに二度や三度は、切放を経験する。

凶悪な罪人が市中に出てくるわけだ。それはそれは恐ろしい。江戸の町人たちにとっては、忘れようとも忘れられない経験であろう。

ところが卯之吉は超然としている。三国屋《みくにや》の用心棒たちに守られて、安閑と暮らしていたので、切放の怖さもまったく身に沁みていないのだ。

一見、余裕がありそうに笑みなど浮かべている。そんな姿が大物同心であると勘違いされる元になっている。

村田鋘三郎はこんな時、誰に対しても一くさり説教したり罵声《ばせい》を浴びせたりするのだが、卯之吉には何を言っても通じないし、かえってこちらの調子を狂わされてしまう——ということを経験から知っていた。有体《ありてい》に言えば卯之吉が苦手だということなのだが、村田自身はその事実をまったく認めていない。

「やいハチマキ！……そういうことでな。市中に放たれた悪党どもを、狩り集めなくちゃならねぇんだ」

卯之吉にニコニコと笑みを向けられているうちに、村田の声音も次第に、気合の抜けたものになっていく。

卯之吉は、まったく緊張感のない顔つきで小首を傾げた。

「はぁ？　しかし、切放の期限は三日でしょう？」

罪人たちにはあと二日、羽を伸ばさせてやりたいところだ。

「馬鹿を言え。罪人なんかに好き勝手に、市中を歩き回られてたまるもんかよ。碌《ろく》に金も持ってねぇ連中だ。あちこちで飲み倒し、食い倒すぜ。町娘にまで手を出さねぇとも限らねぇ」

「それは大変ですねぇ」

「それにだな。とっとと身柄を押さえちまうのが、罪人どもの為でもあるんだ。妙に娑婆っ気がつくと牢には戻りたくなくなる。一か八か逃げてやろうか、なんて不心得を起こすもんだ。だけどよ、逃げきった者は滅多にいねぇ。みんな獄門台送りにされるんだ」

「それは可哀相に」

「だから、捕まえてやるのがヤッらの為なのさ」

そう言ってから、何故か左右を見回し、人の目がないのを確認すると、卯之吉の腕を取って引っ張って、その耳元に唇を近づけさせた。

「なんですね、村田さん。……そっちの気が？」

「馬鹿言うんじゃねぇ！」

「耳の近くで怒鳴らないでくださいよ」

「いいか、良く聞け。切放になった罪人の中に、お峰もいやがったんだ」

「へぇ？」

「しかもだな、どうやら今度の火事は赤猫臭《くせ》ェ」

「赤猫？」

卯之吉にはその隠語の意味するところが理解できなかったのだが、村田は、当然知っているものとして話を進めた。

「お峰は、悪党の世界じゃあちょっとは名の知れた顔役だ。当然、仲間や手下もついていやがるだろう。この火事はお峰を逃がすために仕組まれた赤猫じゃねぇかと、与力の旦那方は睨んでいなさる」

「ははぁ、それは困ったことですねぇ」

「大いに困った話だろうよ。特にお前《め》ェにとってはな」

「あたし？」

「お峰はしぶてぇ悪党だぜ。特に女ってのは執念深い。ただの女だって十分に執念深いんだ。悪党なら尚更だぜ」

「はぁ」

「またぞろお前ェの命を狙いにくるのに違ぇねぇ」

「それは恐ろしい」

たいして怖がる様子もみせずに卯之吉は答えた。まったく緊張感がない。

「それにしても村田さん。女に執念深くされるなんて、隅に置けませんねぇ」

などと、遊び人のノリで言わなくても良いことまで言い出す始末だ。

そこへドタバタと足音も騒々しく、玉木弥之助が走り出てきた。両袖を襷《たすき》掛けで絞り、薄金のついた手甲を着け、尻端折《しりはしょ》りして股引きには脚絆《きゃはん》、頭には鉢巻を巻くという、物々しい捕り物姿だった。

村田の前で直立すると、キリッと眉を引き締めて、一礼した。

「玉木弥之助、これより切放の罪人どもを召し捕って参りまする！　それでは、これにて御免！」

無駄な意気込みを見せつけながら走り出ていく。まるで歌舞伎役者が花道を渡っていくかのような、わざとらしい張り切りようだった。

「玉木さん、いつになく、やる気満々ですね」

村田も小さくため息をついた。

「……野郎が張り切るのは、手前ェの失態を誤魔化そうとする時だけだ」

「失態？」

「昨夜、野郎は赤猫の悪党と出くわしたようなんだぜ。小者の小平次が掘割に突き落とされたみてぇなんだ」

「ハァ、それで……」

烏金の親分は、あんなにしょげかえっていたのか、と納得した。

「玉木さん、ご無事で良かったですねぇ」

「野郎が手前ェから悪党に突っかかっていくわけがねぇだろう。怪我なんかするもんか」

おかしな部下ばかり持って村田銕三郎の苦労は絶えない。ますます怒りっぽくなるばかりだ。

「さぁ、お前ェも行って、罪人どもを狩りたててきやがれ！」

そう命じて、奉行所の奥に戻っていった。

命じられてしまったからには仕方がない。卯之吉は表に出た。

「せめて、茶の一杯ぐらいは飲ませてくれてもいいでしょうにねぇ」

などと、状況をまったく理解していない顔つきで呟《つぶや》いた。

岡っ引きたちの姿はほとんど消えていた。仕える同心に従って市中に散ったらしい。烏金ノ小平次の姿も見えなかった。

代わりに土煙を巻き上げるようにして、荒海《あらうみ》ノ三右衛門《さんえもん》が突進してきた。

「旦那！　一ノ子分の三右衛門が只今到着いたしやした！　市中はえらい騒ぎになっていやすぜ！」

身の回りに騒動が起これば起こるほど血潮が燃えたぎるという性格だ。もう五十も過ぎたというのにいつまでも血気盛んである。

「ああ、そうらしいね。切放になった罪人さんたちが……」

卯之吉が、のんびりとした口調で語っているそばから、荒海一家の子分たちが、灰色の帷子を着けた罪人を三人、二人には縄をかけ、一人は腕をねじ上げながら門内に引きずり込んできた。

三右衛門が得意気な顔で胸を張った。

「あっしの縄張り内にも二人ばかし潜り込んできやがりやしたので、こうして縄を掛けて参《めえ》りやした」

子分たちが縄付きの悪党を小突いて、その場に膝をつかせる。

「荒海一家の縄張《シマ》でタダ飯を食おうとは、てぇした度胸だと褒めてやりてぇが、勘弁ならねぇぞ！」

などと子分が罵声を浴びせている。縄をつけられた罪人はすっかり観念しきった様子だ。

三右衛門は続けた。

「もう一人の野郎は、ここに来る道中で見かけたんで、ついでの駄賃に召し捕りやした」

腕を捩《ねじ》られていた罪人がそれだろう。捩っていた子分が手を離して突き飛ばす。罪人は卯之吉の前につき転がされ、卯之吉を見上げて顔色を変えた。

「よりによって八巻の旦那の手下に見つかっちまうとは……。オイラはまったくツイてねぇ……」

「オイラたちに見つけてもらわなかったら手前ェのような悪党は、妙な了見を起こした挙げ句に獄門台送りだ。かえって運が良かったと思いねぇ」

三右衛門が啖呵《たんか》を浴びせた。

卯之吉は三右衛門と子分たちに頷き返した。

「ご苦労だったね。その罪人さんたちは、奉行所の小者に預けておくがいいよ」

三右衛門が「へい」と答えて子分たちに指図する。

「聞いての通りだ！　八巻の旦那の手下だと念を押すのを忘れるな！　他の同心野郎に旦那の手柄を横取りされちゃあたまらねぇからな！」

奉行所に来て同心野郎呼ばわりとはたいした度胸だ。三右衛門は卯之吉には心酔しているが、他の侍や役人はヘドが出るほど嫌いなのである。

子分たちは罪人三人を引きずって、奉行所の奥へと進んで行く。卯之吉はそれを見送ってから、奉行所の門に足を向けた。三右衛門が腰を屈めてついてくる。その後ろを残りの子分たちと、銀八が続いた。

「切放の罪人さんたちを連れ戻してこいって言われても、どこへ足を向けたらいいものかね」

ブラブラとあてどなく歩きながら卯之吉が呟くと、三右衛門が訳知り顔で答えた。

「それでしたら、まずは悪所でございまさぁ」

「悪所？」

「へい。牢から出された野郎どもが考えるこたぁ二つでさぁ。旨《うま》い飯を食うことと、女を抱くこと」

「ほう」

「これから死罪になるか、島流しになるかってぇ瀬戸際ですぜ。せいぜいたらふく食って、いい女を抱く。そんなことばかり考えるもんなんでさぁ」

それは困った、と卯之吉は思った。三国屋の放蕩息子の卯之吉は、悪所で相当に顔が売れている。殊《こと》に、吉原と深川には絶対に行けない（江戸の二大悪所は吉原と江戸三座の芝居小屋。深川の遊里がそれに続く）。

そう思って悩んでいると、三右衛門が続けて言った。

「しかし旦那、悪所って言ったって、吉原や深川の富ヶ岡八幡の門前町には足を向けられやしませんぜ。四郎兵衛《しろべえ》番所や地回りたちが、目を光らせていやがりやすからね」

吉原には四郎兵衛番所という自警団が組織されている。深川の門前町は地元の侠客とその子分衆が守っている。遊里は客が安心して遊べるように治安を維持しなければならない。強面の男衆が目を光らせている場所に切放の罪人が踏み込んで行けるわけがない。たちまちのうちに取り押さえられて、さっきの者たちのように町奉行所に突き出されてしまうことがわかっているからだ。

「それじゃあ、一膳飯屋や岡場所なんかに身をひそめているってわけだね」

「そういうことでさぁ」

「それならすぐに番小屋に報らせが入って、地元の親分さんが捕まえてくれるね」

江戸の町々には必ず自身番（番小屋）が置かれていて、町役人《ちょうやくにん》たちが詰めている。町内に異常が発生すればすぐに町奉行所まで通報される。また、町内の顔役が手下を従えて出張ってくる。このような事態に備えて町奉行所は、一部の侠客などをお目溢《めこぼ》しにして、手下として使っているのだ。

荒海一家と三右衛門も、同心八巻に目溢しされて、その手下になったのだと、江戸の者たちは見ている。

三右衛門は江戸の侠客の大立者だ。荒海一家は江戸ばかりではなく街道筋にもその名を大きく轟《とどろ》かせている。そんな大物侠客を従えているというだけで、八巻の威名は高まる一方なのだ。

しかしながら卯之吉当人は呑気《のんき》なものだ。呑気も極まる口調で訊ねた。

「しかしね、女の罪人はどうなるかね」

「女狐どもですかい？」

「うん。切放になったのは男の罪人ばかりじゃない。女の罪人も――ほら、あたしの命をつけ狙った、お峰ってお人も、切放になったのだからね」

卯之吉はいたって何気なく口にしたのだが、

「なっ、なんですって！」

三右衛門と子分たちは愕然《がくぜん》として顔色を変えた。

「そいつぁいけねぇ！　あの女狐は大人しく牢に戻るようなタマじゃねぇ！」

「それどころか……。どうやらあの火事は、赤猫だったらしいんだよ」

いまだに赤猫の意味はわからないのだが、村田銕三郎の言葉をそのまま口に出した。

「赤猫！　つまりは、お峰が牢破りをするために仲間に付け火をさせたってことですかい！　女狐め、牢屋敷の仕来りを逆手にとって牢破りしやがるとは、とんでもねぇ悪党だぜ！」

その言葉を耳にしながら卯之吉は、（ははぁ、赤猫ってのは、そういう悪事を働くことだったのか）と推察し、納得した。

「そういうことなら、お峰さんは、決して戻ってきやしないだろうね」

「悠長なことを言っていなさる場合じゃあござんせんぜ！　旦那のお命をしつこく狙い続けるに違ぇありやせん！」

「まったくだねぇ」

卯之吉は「ハハハ」と乾いた声で笑った。

卯之吉という男は、生まれてこの方、自ら運命を切り開く努力をしたり、苦難に立ち向かったりした経験がない。三国屋の金がすべてを解決してくれたから、なんの苦労もなかったのだ。だからどんな場合でも恬淡《てんたん》と構えている。

そうとは知らぬ三右衛門は、卯之吉の〝余裕がありすぎる態度〟を見て、

（さすがは旦那だ。お峰が何べん襲いかかってきても、返り討ちにする自信がおありなさるんだ）

などと得意の早合点をして、ますます心服の度を深めた。

「それにしたって、お峰の女《アマ》が、まだ仕置きをされていなかったなんて」

「うん。赤猫を起こすつもりだったから、与力様の詮議にも耐えていたんだろうねぇ」

希望があれば、拷問にだって耐えられる。

「手ぬるい役人がいたもんだ！　憚《はばか》りながらこのあっしなら、生爪を全部剝《は》いででも口を割らせてご覧に入れますぜ。あくまでもシラをきるつもりなら構わねぇ、牢内で責め殺してやりまさぁ！」

確かに、三右衛門ならやりかねない。しかしそんな非道なことをしてしまったら、町奉行の威信に傷がつく。町人たちからも嫌われてしまう。

町奉行と役人たちは、町人を畏《おそ》れさせながらも敬愛される存在でなければならない。匙《さじ》加減の難しいところだ。

「いや、ここで愚痴を並べていたって始まらねぇ！」

三右衛門は子分たちを睨みつけた。

「聞いての通りだ！　手前ェたちッ、草の根分けてでもお峰を見つけだしてきやがれ！」

「へいっ」と答えて子分たちが、尻をからげて走り出した。

「旦那、あっしの兄弟分にも回状を出しやす。昔面倒を見た小悪党どもも走らせやす。大船に乗ったつもりでいてくだせぇ！」

「それはありがたいねぇ」

卯之吉は、三右衛門が動かす人数やその規模について理解していないから、いたって軽々しい様子で、ヘラヘラと笑った。

七

その日の夜、ようやく涼風が吹き始めたころ——。

山嵬坊は薄暗い座敷の湿った畳に腰を下ろして、不愉快そうに貧乏揺すりを繰り返していた。

ここもまた山嵬坊の隠れ家の一つなのだが、江戸の外れにあるこの屋敷では、時の鐘もろくに聞こえてはこない。今が何時《なんどき》なのかもわからない。

長い夜を刻限もわからずに過ごす、というのは少々辛い。役人に追われる身であれば尚更だった。

廊下を伝う足音が座敷に近づいてきた。

障子も襖も開け放ってある。襖越しに顔を出した男が、両膝を揃えて低頭した。

「先生方がお着きになりやしたぜ」

そう報告して、顔面を斜めに横断する古傷を歪《ゆが》めさせた。愛想笑いをしたつもりであるらしい。この男は、この古傷から、向こう傷ノ角蔵《かくぞう》という二ツ名を奉られていた。凶暴な手口で知られた押し込み強盗であった。

別の足音が表店《おもてだな》のほうから近づいてくる。この建物は商家ふうの造りになっていたが、商売は営んでいない。いわゆる仕舞屋《しもたや》であった。

異様な雰囲気を湛えた男たちが座敷に踏み込んできた。山嵬坊に挨拶もなく、それぞれ勝手に、ドッカリと腰を下ろす。最後に入ってきた坊主頭の男だけが、山嵬坊に向かって恭《うやうや》しく低頭した。

「先生方、お揃いになりやした」

この僧侶は名を鐘浄坊《しょうじょうぼう》という。頭を剃ってそれらしい名を名乗っているが、はたして本当に僧籍にある者かどうかは怪しい。憎めない笑顔と僧衣を武器に、取り込み詐欺などを働いている小悪党であった。

「皆さん、ようこそおいでなさった」

山嵬坊が強面に似合わぬ笑顔を浮かべた。山嵬坊は剃刀《かみそり》を当てるまでもないツルツルの禿頭《はげあたま》で、頬や揉《も》み上げには濃い虎鬚《とらひげ》を生やしている。実に魁偉《かいい》な容貌《ようぼう》だ。

山嵬坊の視線は油断なく、座敷に揃った男たちを見回した。

柱を背にして、だらしなく座った男は浪人剣客の浜田《はまだ》。下の名は決して名乗らないので苗字しかわからない。もちろん生国も、元はどこの家中であったのかもわからない。

いつの頃からか江戸に流れて来て、寛永寺の門前町で居合の大道芸など見せていた。寛永寺の門前を仕切っていた山嵬坊から、その腕前を見込まれて、仲間に引き込まれたのだ。

骨と皮ばかりに痩せていて、いつも酒ばかり呑んでいる。生きる気力も、先行きへの望みも、すべてなくしたような顔つきだった。

それでいて剣の腕は恐ろしく立つ。つい先日も、同心八巻の手下で、人斬り剣客として名を馳せた水谷弥五郎《みずたにやごろう》と互角以上に戦ったのだ。

浜田は山嵬坊の挨拶を無視すると、鐘浄坊に向かって「酒だ」と短く命じた。鐘浄坊が貧乏徳利を抱えてくると、ひったくるようにして摑《つか》み取り、口を開けると茶碗に注ぐのも省略して、そのまま口をつけて呑んだ。

山嵬坊はこの浪人を「好きなだけ飲ませる」という約束で配下にした。だから好きなようにさせておいた。

座敷の真ん中には、茶渋色の小袖を着けた五十歳ばかりの男が、きちんと膝を揃えて正座していた。髷は小銀杏《こいちょう》、面長の実直そうな顔つきで、見た目は商家の主のように見えた。

商人風の男は、折り目正しく低頭した。

「手前は吉兵衛《きちべえ》と申します。以後、どうぞご贔屓《ひいき》に」

言葉に上方の訛《なま》りがあった。江戸において信用のある商家は上方に本店《ほんだな》を持っていることが多い。上方風の言葉づかいは、ますますの信用を高める効果があるはずだ。

ところがこの男、本性は冷酷な殺し人である。虫も殺さないような顔つきと物腰で、狙った相手に忍び寄り、一瞬の凶行でその命を奪うのだ。

最後に控えているのは一番の年若、どう見ても十代後半に見える若衆だ。腹掛けを着けてパッチを穿いて、そのうえに紺色の法被《はっぴ》を着けている。手足が長くて細身の体型だ。黒々とした髪を鯔背《いなせ》に結って、見たところ職人か、あるいは船頭かなにかのように見える姿であった。

奇異なことと言えば、その表情がなんとも寂しげで、若い者らしい明るさが感じられないところであろうか。色は白く、眉も目鼻だちも整っている。寂しげな顔つきは女心をくすぐるであろう。

ところがこの若者が、昨今裏街道で名を上げてきた殺し人なのだ。名は佐吉《さきち》。美しい顔立ちに張りついている憂悶《ゆうもん》は、殺しを生業《なりわい》とせねばならない我が身への諦観からくるものなのであろうか。

山嵬坊は集まった三人を満足そうに見つめた。

「これだけの手練《てだれ》が揃えば怖いもの無しだ」

独り合点に頷いている山嵬坊を、浜田は頭から無視している。佐吉はつまらなさそうに俯き、一人、吉兵衛だけが作り笑顔で見つめ返してきた。

吉兵衛は、お店者然とした物腰で、山嵬坊に訊ねた。

「それでお坊様。手前どもにどういったご用向きでございましょうか」

口ぶりまで完全に商人のものだ。

山嵬坊は大きく頷き返して胸を張った。

「もちろん、裏街道でそれと知られた殺し人のあんたがたに集まってもらったのだ。茶飲み話をしたいわけじゃない。どうでも殺《や》って欲しい相手がいるから呼んだのだ」

さぁどうだ、という目つきで山嵬坊は三人を見つめた。浜田と佐吉はほとんど反応を示さない。吉兵衛は口元に笑みをたたえたまま、二度三度、伏目がちに瞬《まばた》きをした。

「手前どもはそれが商いでございますから、ご用命とあればいかにも働かせていただきましょう。けれども——」

チラリと目を上げて、意外に鋭い眼光を向けてきた。

「どちら様を亡き者にせよ、とのご用命でございましょう、まずはそれを伺わなければお話になりません」

山嵬坊も負けず劣らずの鋭い眼差しで睨み返した。

「他でもない。南町の同心、八巻を殺ってほしいのだ」

「ほう」

吉兵衛が長い顔をさらに長く伸ばした。

「八巻様のお噂は上方にまで伝わっておりますよ。なんでもたいそう頼りになるお役人様だとか」

「頼りになる、なんていう段じゃねぇ。頭は切れる、鼻は利く。そのうえ剣の腕も立つときた。赤坂新町の荒海一家まで従えていやがる。金主は江戸一番の豪商、三国屋だぜ」

「ほほぅ。それは豪勢なお話でございますなぁ」

町奉行所の権威と、侠客の豪腕と組織力、さらには豪商の経済力まで一つになっている。誰であれ震え上がってしまうに違いないわけだが、吉兵衛は格別に動揺した素振りも見せなかった。鐘浄坊が出してくれた莨盆《たばこぼん》を引き寄せると、腰の莨入れから煙管を出し、優雅に一服つけて、紫煙をフーッと吐き出した。

「しかし、人というものは、結局は一人、丸裸でございますからねぇ」

どんな人間にも隙はできる。その隙を突いて仕留める、という手口であるようだ。お店者に見える姿と物腰も、相手の隙を誘う策なのだろう。

浜田も佐吉も、卯之吉が相手と聞いても、顔色ひとつ変えなかった。南北町奉行所きっての切れ者同心を相手に、まったく怯えてなどいない。山嵬坊は（これならば）と満足した。

「しかし」と山嵬坊は、自分自身の心を引き締めるようにして続けた。

「八巻は、あのお峰でさえ仕留め損なった強者《つわもの》だ。油断はならねぇ」

「ああ、そうそう」

吉兵衛が煙管から口を離して目を向けてきた。

「そのお峰さんとやら、八巻様のお縄にかかったそうですが、その後はどうなりましたかね？」

「俺が、手の者を使って破牢させたぜ」

「ほう。さすがは山嵬坊様でございます。卒のない手配り」

褒められて一瞬、表情を明るくさせかけた山嵬坊だったが、すぐに苦虫を噛み潰したような顔になった。

「だけどよ、お陰で町中、役人だらけだ。あんたさんらにも不便をかけたことだろうぜ」

ありとあらゆる場所に役人とその手下が探りを入れてくる。その過程で凶状持ちや無宿人たちも容赦《ようしゃ》なく捕縛されていった。

「これぱっかりは、考えに入っていなかったぜ」

禿頭を抱えた山嵬坊に、吉兵衛が笑みを向けてきた。

「なぁに、切放の期限は三日。三日が過ぎればお役人様方も手を引きましょう」

「だといいがな」

「それで、お峰さんはいずこに？」

「あの女狐が自分で手懐けた女の所に潜り込んでるよ」

「へぇ？」

「木を隠すなら山の中、女を隠すには女の中が一番だと言ってな」

山嵬坊は思わせぶりに、その話を打ち切った。そして傍らの金箱から包み金の小判を掴みだした。

包み金は一つで二十五両が包まれている。金座の後藤《ごとう》家や、幕府御用達の両替商の印が捺《お》されて、二十五両が入っていることを保証していた。

山嵬坊は包み金をそれぞれに二つずつ、合計六個、差し出した。

「支度金は一人五十両だ。首尾よく八巻を仕留めた御方にゃあ、仕事料として、あと百両、いや、二百両も出そうじゃないか」

殺し人三人の顔つきを確かめる。

「やってくれような？」

念を押すと、まず浜田がウッソリと立ち上がって小判の前まで歩み出て、無造作に摑み取ると懐に入れ、何も言わずに元の柱に戻って、酒を飲み直し始めた。

吉兵衛は懐から紫色の袱紗《ふくさ》を取り出すと、包み金二つを丁寧に包んで、袂に入れた。

「確かに、お引き受けいたしましたよ」

そう言って、莞爾と笑った。

佐吉だけが手を伸ばそうとしない。向こう傷ノ角蔵がやって来て小判を摑むと、「ほれ」と、佐吉の鼻面に突きつけた。

佐吉は興味もなさそうに見ていたが、「取れ」と角蔵に促され、気のない様子で小判を取ると、畳の上に二つ重ねて置き直した。

これで三人が仕事を請けたことになる。山嵬坊は大きく息を吸った。

「さしもの八巻もこれで仕舞いだ！　間もなく江戸は俺たちの天下になるぜ！」

乱杙歯《らんぐいば》を剝き出しにして高笑いを響かせたのであった。

第二章　決闘 八巻対浜田

一

深川や本所の一帯には貧乏御家人の組屋敷や、大名の下屋敷などが連なっていたが、大川から奥へ――東の下総国《しもうさのくに》方向へ――進むに連れて、人家も乏しい原野に変じる。

深川には俗に〝八万坪〟と称された広大な湿地が広がっていて、幕府は鋭意開墾を進めていたけれども、まだまだ、人の住める土地にはならずにいた。

夏ながら深夜になるとさすがに気温が下がる。至る所にひろがる湿地や川から濃い夜霧が立ち昇り始めた。

湿地の中を川が蛇行して流れている。人家もまばらな場所であったが、川には栈橋が作られて屋根船が繋《つな》がれていた。

栈橋はほとんど朽《く》ちかけて傾いているし、屋根船も相当以上の古物で、川底に乗り上げているのか、大きく斜めに傾《かし》いでいた。

屋根船の屋根から吊るされた莚《むしろ》越しにボンヤリと明かりが灯《とも》って見える。周囲では蛙たちが、騒々しい合唱を繰り広げていた。

ふと、蛙たちが一斉に鳴き止んだ。同時に、提灯《ちょうちん》がいくつか揺れながら、栈橋へと近づいてきた。

「こちらでごぜぇやす」

白髪頭の老翁が同心と岡っ引きを案内してくる。

「足元にお気をつけくだせぇ。畔道《あぜみち》の他は、どこもかしこも泥んこだァ」

「うむ」と重々しく頷《うなず》いた同心が、言っているそばから道を踏み外し、湿地にズボッと片足を突っ込んだ。岡っ引きが急いで手を伸ばして引っ張り上げる。幸い、先頭を行く老人には気づかれずに済んだ様子であった。

老人は足を止めると提灯を翳《かざ》し、問題の屋根船を指し示した。

「あれでございまさぁ。船饅頭《ふなまんじゅう》の女が住み着いておりやすんで」

船饅頭とは、船を使って身体を売る、最下層の遊女のことだ。吉原などの遊里はもちろん、岡場所でも客が取れなくなった女たちが、最後にこの境遇に落ちてくる。船を稼業に使うのはそのまま住居《すまい》に使えるからだ。江戸では長屋を借りるにしても、大家の承認が必要なので、落ちぶれた遊女などはどうあっても、まともな住居には落ち着くことはできないのであった。

「あっしも、あの女たちはどうにも哀れに思えやして……。目溢《めこぼ》しするつもりはなかったんですが……」

老人は目をショボショボさせながら言い訳をした。

このような原野だが、町奉行所から管理を請け負っている差配がいる。この老人がその人なのだが、原野では役目に励んでもなんの見返りもない。船饅頭を目溢しする代わりに遊女たちから小遣い銭をせびっていたのに違いなかった。

それはさておき玉木弥之助は、「うむ」と大きく頷いて、総身に武者震いまで走らせた。

「牢屋敷から切放《きりはなち》となった罪人の中には女もいる。また、奉行からはこの際であるから、無宿人たちをも捕縛するように御下命があったのだ！」

老人は「へへーっ」と答えて頭を下げた。玉木は老人を押し退《の》けるようにして前に踏み出た。

「あとは拙者にまかせておけ」

自信たっぷりに言い放つと、配下の岡っ引き――烏金ノ小平次を促して屋根船へと向かった。

栈橋を踏むと、栈橋そのものが大きく軋《きし》んだ。今にも板が抜けてしまいそうで小平次はハラハラした。

「小平次、照らせ」

玉木が命じる。小平次は提灯を屋根船に突きつけた。

「南町奉行所の詮議《せんぎ》である！　船中の者、表に出ませい！」

玉木が居丈高《いたけだか》に声を放つと、簾《すだれ》の奥で人のうごめく気配がした。船の底で寝ていた何者かがムックリと身体を起こしたようだ。

おそらく遊女であろう。遊女という者は、たいていがだらしない物腰と相場が決まっている。

「ええいっ、キリキリといたさぬか！」

重ねて玉木に怒鳴りつけられ、ようやく、莚を片手でかき上げながら、女が一人、外に出てきた。

花模様の肌襦袢《はだじゅばん》を一枚だけ身にまとっている。最後に洗濯したのはいつなのか、生々しい異臭を放っていた。

遊女はようよう、船から這《は》い出すと、桟橋の上に膝を揃えた。首の白粉《おしろい》もはげた姿で低頭した。

玉木は尊大に頷き返した。

「うむ、神妙である。そなた、名は」

遊女は小さな声で答えた。

「糸と申します」

「お糸じゃな。いずこに住しておる。人別帳に記載はあるのか」

「塒《ねぐら》はこの船です。江戸に人別はありません」

「ならば生国はいずこか。通行手形は所持しておるのか」

お糸は無言で、首を横に振った。

小平次は玉木に向かって囁《ささや》いた。

「旦那、無宿者ですぜ」

無宿者は石川島の人足寄場に送られるか、さもなくば江戸から追放される。

「もしかしたら、切放の女罪人が化けているのかもわからねぇですぜ」

身寄りのない船饅頭などは、もっとも変装しやすい職業だ。いずれにせよ、連行しなければなるまい。小平次は腰に下げた捕り縄を取ろうとした。

「ま、待ってください」

お糸は、急に声を上げた。

「あたしには病の姉がいるんです。姉を置いてはいけません」

「姉だと？」

小平次はギロリとお糸を睨《にら》みつけた。

「まだ船の中に、誰か隠していやがるのか」

お糸は震えながら頷いた。小平次に促されて立ち上がると、莚を大きく捲《めく》り上げ、中に向かって声をかけた。

「姉さん、お役人様の御用だよ」

玉木と小平次にも、船底に横たわった黒い影が見えた。影はわずかに身じろぎした。そして「うう……ん」と、微《かす》かな声で呻《うめ》いた。

玉木はカッと赫怒《かくど》した。

「おのれ！　寝ぼけておるのかッ、無礼な！」

小平次から提灯をひったくると船の縁に足をかけ、お糸が捲りあげた莚の下から屋根船の中に半身を突っ込んだ。

そして「ううっ」と、うめき声を上げた。

玉木が急いで戻ってくる。懐紙を摑《つか》み出すと口元に押しつけた。

「どうなさいやした、旦那！」

玉木は無言で船の中を指差した。その額にフッフッと冷や汗が滲《にじ》んできた。

小平次は提灯を受け取って、玉木と同じように船内に顔を突っ込んだ。船底に横たわる影に提灯を突きつけ、主人と同様に呻いた。

「こいつぁ酷《ひで》ェ」

容貌《ようぼう》が崩れ、目も鼻も定かにわからなくなった女が、ヒクヒクと身体を震わせていたのである。おそらく視力は失われているはずだ。しかし耳は聞こえているらしい。役人が来たと聞いて怯《おび》えていることだけは伝わってきた。もちろん、起き上がることなどできないだろう。

小平次が桟橋に戻ると、お糸は深々と低頭しながら泣き崩れた。

「瘡《かさ》の毒が、総身に回って……」

梅毒がスペイン人やポルトガル人の船員を通じて日本にもたらされたのが戦国時代の末期。それ以後、この病は日本で猖獗《しょうけつ》を極めて、多くの遊女たちを苦しめてきた。

「旦那、どうしやす……」

小平次は玉木に訊ねた。玉木は満面に脂汗を滴らせながら咳きこんでいる。今にも吐き戻しそうな顔色だ。

「旦那、あの分じゃあ、あの姉は、あと数日ももちやしませんぜ」

放っておいても勝手に死んでしまうだろう。

「あんな病人をわざわざ寄場に運んでも、火盗改のお役人様がたに怨《うら》まれるだけでさぁ」

人足寄場を作ったのは有名な長谷川平蔵《はせがわへいぞう》。以降、火付盗賊改方の管轄となっている。

玉木は真っ青な顔で手を振った。手振りで「構うな、構うな」と繰り返した。声を出さないのは、今にも吐いてしまいそうだからなのだろう。

小平次も同感であった。

病には接触感染と空気感染の二種類がある――ということは、この時代の人々も経験で知っていた。しかし瘡毒がそのうちのどちらなのかは判別していなかった。重い病の者には近づかないのが一番だと考えられていたのだ。

小平次はお糸に目を向けて、こころなしか同情した口ぶりで言った。

「姉さんを養生してやんな。それが終わったら、とっとと江戸を離れるこった。姉さんみたいになりたくないのなら、な？」

お糸は、「お慈悲をありがとうございます」と低頭した。

玉木は小平次と案内の老人を引き連れて、急いでその場から離れた。


「行ったかい？」

屋根船の中から声がした。お糸は「あい」と答えた。

船底の影が起き上がる。顔に張りつけてあった作り物の病巣を引き剝《は》がした。

「大名屋敷で幽霊に化けた時の智慧が役に立ったさ」

ツルリと美しい肌を晒《さら》して、お峰はニヤリと艶笑《えんしょう》した。

柔らかく炊いた米を潰して糊状にした物に、顔料を混ぜて爛《ただ》れた皮膚を表現したのだ。提灯程度の明かりでは、見破ることは困難だった。

とはいえ、お峰は自分の策に安心しきっていたわけではなかった。

(間抜けな役人だから誤魔化せたけどね……)

大名屋敷の騒動では八巻にまんまと見抜かれたのだ。偽者の幽霊だと看破され、すべてのからくりを暴かれてしまった。

(今夜だって、もしも乗り込んできたのが八巻だったら、一目で見抜かれていただろうさ)

どこまでも憎らしく、お峰の心を悩ませる相手だ。

(八巻をどうでも仕留めないことには、おちおちと寝てもいられないよ)

殺し人としてのお峰の自尊心が成り立たなくなる。お峰には「自分は凄腕《すごうで》の殺し人なのだ」という自負しかない。それすら奪われてしまったら脱け殻も同然だ。

(おのれ、八巻!)

人生は短いというのに、どうしてあんな男と邂逅《かいこう》してしまったのか。

お峰が男であればこんな時、「好敵手が現れた」と喜んだかも知れない。しかしお峰は女である。ひたすらに憎らしい、恥をかかせてやりたい、殺してやりたい、という情念があるだけだ。憎しみは紅蓮《ぐれん》の炎となってお峰の身を焦《こ》がし、焼き尽くすのだった。

(山嵬坊が殺し人を雇ったそうだけどね、八巻を殺すのはあたしだよ)

お峰はそう思い極めた。

二

今日も山嵬坊は隠れ家の奥座敷に身をひそめていた。

人目を憚《はばか》って障子を閉め切っている。日当たりも悪く、昼だというのに薄暗い。それでもやはり暑い。風が通らないので尚更だ。ただ座っているだけなのに額には玉の汗が滲む。それでも山嵬坊は汗を拭おうともせず、鋭い眼光を据えていた。

廊下を騒々しい足音が渡ってきた。部屋の仕切りの襖の前に、向こう傷ノ角蔵が正座した。

「お指図通りに鐘浄坊が噂を広めておりやす。江戸の悪党どもめ、山嵬坊様の噂で持ちきりにございやすぜ」

醜い顔を引きつらせて笑った。山嵬坊は大きく頷き返した。

「それでいい。八巻の野郎を殺しても、誰が手を下したのかが判からねぇんじゃ話にならねぇ。八巻を討ったのはこの山嵬坊サマだと、江戸中の悪党どもに報《しら》せてやらにゃあならねぇからな」

山嵬坊は南町の八巻を討ち取ることで、江戸の裏社会の首領に上りつめようと画策していたのである。

「考えようによっちゃあ、これも八巻のお陰と言えねぇこともねぇ。多くの大悪党を八巻が召し捕り、あるいは追っ払ってくれた。俺にとっても目障りだった連中だ。お陰でずいぶんと動きやすくなったぜ」

卯之吉が捕らえた凶賊たちは、縄張り争いの敵だったのだ。

「だからこそ、今ここで俺たちが八巻を殺せば、この江戸は俺たちの天下になるってことだ」

山嵬坊は目つきを不気味に据えたまま、陰鬱な声で笑った。

「もっともっと、噂を広めるように言いつけろ。江戸はおろか、街道筋にまで、この山嵬坊の名が伝わるようにするんだ」

「へい」と低頭した角蔵が、ちょっと、納得のゆかないような顔をした。

山嵬坊はそれを鋭く見咎めた。

「なんだ、なにか言いてぇことでもあるのかい」

「へい……」

「言ってみろ」

「そんじゃあ、憚りながら申し上げやすが……、悪党どもの間に噂を広げちまったら岡っ引き連中の耳にも届きやす」

同心の手下として使われている岡っ引きは、半分悪党のようなものだ。裏社会の事情に通じているから情報源として使われているのである。悪党の間に山嵬坊による卯之吉殺しの企てを広めたら、当然、岡っ引きの耳にも入り、南北の町奉行所にまで伝わってしまう。

「八巻にゃあ赤坂新町の荒海一家がついておりやす。当然、三右衛門の耳にも届くと思わにゃあなりやせん」

「手前《てめ》ェ、三右衛門が怖《こえ》ぇのか」

「そりゃあ……」

角蔵は顔をしかめて言葉を濁した。

「確かにな。三右衛門は手強《てごわ》いぜ。しかし、野郎を恐れていたら八巻には手が出せねぇ。八巻を殺《や》るって決めたからには、荒海一家ももろともに、ぶッ潰してやる覚悟がいるだろうよ」

「へい」

「荒海一家をぶっ潰したら、三右衛門の縄張《シマ》はお前ェにくれてやらぁ。赤坂新町の角蔵親分としてやっていくがいいや」

「へっ？　ほ、本当ですかい！」

単純な角蔵は、それだけで天にも昇る心地になった。

「こいつぁ張りきり甲斐《がい》がありやすぜ！　山嵬坊親分、なにとぞお引き回しのほど、宜しくお願い申しあげやすぜ！」

山嵬坊は泰然と頷き返し、角蔵は勇躍、走り出て行った。

八丁堀にある八巻家の屋敷に、荒海ノ三右衛門が土煙を巻き上げながら飛び込んできた。

「おやまぁ。この暑いのに、赤坂から走って来たんですかえ」

卯之吉は上がり框《かまち》に立って、呆《あき》れ顔で迎えた。

江戸の町は埃《ほこり》っぽい。三右衛門は頭髪や顔面が真っ白になるほど、細かい土埃を浴びていた。そのうえで汗をかいたものだから、顔が縞《しま》模様になっていた。

「まずは井戸で水でも浴びてこられるのがいいでしょうね」

台所の木戸から銀八が出てきて、「こっちへおいでくだせぇ」と、幇間《ほうかん》ならではの滑稽《こっけい》な仕種で手招きした。

「悠長に行水なんかしている場合じゃねぇんでさぁ！」

三右衛門は汗を散らして吠えた。いつもながらに気が短い。いつもながら呑気《のんき》な卯之吉主従に焦《じ》らされて、辛抱できなくなっている。

「おお、驚いた。なんだえ、そんな大声を出して。それほどの一大事が起こったのかえ」

「仰る通りでござんす。一大事《いちでえじ》でございますよ！　だからこうして、赤坂新町から突っ走って来たんでさぁ！」

「いったい何が起こったんだい」

「起こったんじゃなくて、これから起ころうとしているところなんで」

三右衛門は、山嵬坊が凄腕の殺し人を雇い、卯之吉殺しを宣言したことを伝えた。

「おや、そんな話になっているのかい」

「そうでござんすから、こうしてご注進に伺ったわけで」

「そうかい。それはありがたいねぇ。ありがたいお心遣いだよ」

「そんなに褒めていただけると、こっちも走ってきた甲斐があったってもんで」

「それじゃあ、水を浴びていらっしゃい。三国屋から西瓜《すいか》って物が届いたから、皆で一緒に食べようじゃないか」

卯之吉はのんびりとした物腰で座敷に戻っていく。その後ろ姿を三右衛門はウットリと見つめた。

(殺し人に狙われてる、なんて知ったら、俠客の親玉でも震えがくるってのに、旦那はまったく動じていやしねぇ! さすがはオイラの旦那だぜ!)

こんなに肝の据わった男は滅多にいない。こんな男のためなら、楯《たて》となって殺されたって本望だ、などと三右衛門は思い極めた。

井戸の水をかぶると少しは汗も引いた。その横では美鈴《みすず》が井戸の底から大きな丸い玉を引き上げている。縄で結んで水の中に沈めておいたものらしい。

「なんでぇ、そいつは」

三右衛門には見たこともない代物《しろもの》だ。美鈴も首を横に振った。

「よくわからないけれど、草木の実であるらしい」

「草木の実だァ? オイラの頭よりも大きいぞ」

これほどの実が成る草木とは、いったいどれほど巨大であることか。

美鈴はその実をまな板の上にのせると、包丁を手にして「えいっ」と切った。さすがは鞍馬《くらま》流免許皆伝の腕前である。人の頭より大きな西瓜が真っ二つになった。

そして、三右衛門と二人揃って、ギョッと両目を見開いた。

「中は、赤ぃ……」

「なんだか、人の血肉みてぇな色をしていやがるぜ」

いったいこの実はなんなのか。ますます恐ろしくなってきた二人であった。

切り分けられた西瓜を、縁側に座った卯之吉が旨《うま》そうに食べている。時折プッ
プッと庭に向かって吹いているのは種だろう。

銀八もご相伴に与《あずか》っている。種を吹くときの顔がひょっとこにそっくりだ。

その有り様を三右衛門と美鈴が、恐々と見守っていた。

「それ、旨いんですかい」

外は緑色で中は肉の色。どう見ても旨そうには見えない。不気味な実だ。

卯之吉はニッコリと笑って答えた。

「美味しいよ」

西瓜はアフリカ原産の外来種で、日本に入ってきたのは江戸時代の初期のこと
であったらしい（平安時代から日本にあったという説もある）。最初の西瓜はず
っと小振りで、果肉の色も淡い緑色をしていた。果肉の赤い西瓜が入ってきたの

が江戸時代の中期から後期のことであったようだ。

それでも最初は赤い身が気味悪がられて日本人には広まらなかったという。

「さぁ、遠慮なく食べておくれな」

そう言われると、卯之吉の一ノ子分を自任している三右衛門には断れない。親分が食っているものを分けてくれると仰っているのだ。

「それじゃあ、いただきやす……」

いったいどんな味がするのか。血の味か。血の臭いが口の中に広がるのか、などと恐れながら、しかしここで逃げたら男が廃《すた》ると覚悟を決めて、西瓜の肉にかぶりついた。

「おっ……」

案に相違して、口当たりの涼しい味わいであった。嚙むと、甘くて少し青臭い果汁が口一杯に広がった。

なんだか騙《だま》されているような気がしつつも、三右衛門は西瓜を食らい続けた。

「どうだい、美味しいだろう」

「へい。この歳になって初めて食いやしたが……。なるほど、こいつは夏にぴったりの味わいでござんすね」

美鈴も好奇心を押さえかねたのか、一切れ取って小さな口で齧《かじ》り、「おお！」と感嘆の声を上げた。

「みんな気に入ってくれたようで、良かった、良かった」

卯之吉は満足そうに微笑んだ。


皆で西瓜を食べ終わり（卯之吉は肉をだいぶ残したが、三右衛門と美鈴は皮が薄くなるまで舐《な》めるように食べた）、美鈴がスイカの皮を片づけていった。

それを潮に三右衛門が居住まいを正した。

「さっきの話の続きでござんすが」

「さっきの話？　ああ、殺し人のこと」

「へい。そのことで」

卯之吉はとぼけた顔つきで首を傾げた。

「しかし、おかしな話があったもんだねぇ。お金を出して殺し人を雇ってまで殺すだけの値打ちが、このあたしにあるわけがないだろうに。……殺し人って御方を雇うのには、大枚が必要なんだろう？」

卯之吉は自分のことを、なんの役にも立たない放蕩《ほうとう》者だと思っている。その自己認識は真実に近いのだが、卯之吉のことを南北町奉行所きっての辣腕《らつわん》同心だと信じている町人たちと悪党どもと、三右衛門には通じない。

「冗談を言っちゃあいけやせんぜ。いまや旦那は江戸の守り本尊様だ。旦那がいる限り悪党どもは江戸で好き勝手ができねぇ。旦那をどうこうしてやりてぇって考えていやがる悪党は、いくらでもおりやすぜ」

「そうなのかねぇ」

当然、卯之吉には腑に落ちない話だった。

三右衛門が身を乗り出してきた。

「憚りながら子分どもを旦那に張りつけさせていただきやす。この三右衛門と荒海一家がある限り、旦那に手を出させるこたぁございやせん」

「えっ……」

卯之吉は少し驚いた顔をした。

「それはつまり、子分さんたちが四六時中、あたしにくっついて歩くってことかえ？」

「さいでがす」

（それは、困るねぇ）

口には出さないけれども、そう思った。

三右衛門と荒海一家は卯之吉のことを、正真正銘の同心だと信じている。

(子分さんたちについて回られたら、夜遊びができなくなっちまうねぇ)

卯之吉にとって同心は仮の姿。本性は遊蕩三昧《ゆうとうざんまい》を繰り広げる放蕩者だ。

(お気持ちはありがたいけどねぇ……)

とはいえ、三右衛門という男が、言い出したら聞かない一徹者だということは、卯之吉も良く理解していた。

(お祖父様《じい》といい、この親分といい、どうしてあたしの周りには、変わり者ばっかり集まっていらっしゃるのですかねぇ?)

などと、一番の変わり者である自分のことは棚に上げて、卯之吉は嘆息した。


「おいおい、なんだよ、あれは」

南町奉行所から八丁堀に帰ってきた村田銕三郎が、卯之吉の屋敷に目を向けて怒鳴った。

屋敷を囲む柴垣の片開きの戸(同心の身分は低いので、塀や門を構えることは許されていない)の前に縁台が置かれて、弁慶縞《べんけいじま》の帷子《かたびら》を着けた強面《こわもて》の男が、四方に睨みを利かせていたのだ。他にも、懐を匕首で突っ張らせたようなヤクザ者たちが卯之吉の屋敷を出入りしていた。

「いってぇなんだってんでぇ。いつから八丁堀に、ヤクザ者《もん》がシマを構えやがったんだ」

さすがの村田も呆然《ぼうぜん》とさせられてしまう事態だ。手下としてくっついていた下駄屋ノ貫次《かんじ》、通称ゲタ貫の親分が答えた。

「ありゃあ荒海一家の連中でさぁ。ほら、まだお峰が見つかっていねぇでしょう。それになんだか、悪党どもが八巻の旦那の首に賞金をかけたらしいって噂も聞こえてきやすしね」

「だからって、八丁堀にヤクザ者が出入りするこたぁまかりならねぇぞ」

「こいつぁ申し訳ねぇ」

と、ヤクザ者も同然の貫次は頭を掻《か》いた。

しかしである。切放の罪人を捕縛するにあたっては、卯之吉の手下として走り回っている荒海一家が、一番の成績を上げている。それらすべてが卯之吉の手柄として町奉行や与力に報告されるのは癪《しゃく》の種だが、荒海一家の働きを認めてやらないわけにもいかない。

「チッ。それじゃあ、この騒動が収まるまでだぞ」

今は江戸中に散った罪人どもを牢屋敷に戻すことが先決だ。村田は黙認することにしたのだが、しかし、なにゆえか腸《はらわた》が煮えくり返って仕方がなかった。


「ああ、もう、どうしようね」

屋敷の外にも庭にも雪隠《せっちん》の前にも、荒海一家の子分たちが詰めている。卯之吉は座敷に押し込められて身動きもままならない。

「これじゃあどこへも遊びに行けないじゃないか」

生きている甲斐もないというものだ。

そろそろ吉原に人が集まってくる頃だろう、雪洞《ぼんぼり》や軒行灯《のきあんどん》に火が入れられる頃合いだ、清搔《すががき》も鳴らされているに違いない、などと想像していると、居ても立ってもいられなくなってきた。

「銀八、なんとかしておくれな」

いつも身近に控える銀八に相談するが、銀八から、

「あっしに座敷芸以外のことを頼まれても、どうにもして差し上げられません」

などと、壮絶に下手くそな座敷芸を自覚していない口ぶりで言われてしまっ

た。

一人、ほくそ笑んでいるのは美鈴である。

「旦那様とご一緒にお夕飯が食べられるなんて、夢のようです」

浮き立つような顔つきでおさんどんをしている。荒海一家の子分衆にも振る舞うのだと、凄《すさ》まじい勢いで大根を切りまくっていた。

台所から響く包丁の音を聞きながら、卯之吉はますます憂鬱《ゆううつ》になってきた。

「どうにかしないと、あたしは飢《う》えて死んでしまうよ」

遊興への渇望で飢え死にするものなのかどうかはわからないが、きっと自分は死んでしまうと卯之吉は実感した。

必死に思案を巡らせていると、思いが天に通じたのか、天啓のように妙案が閃《ひらめ》いた。

「そうだ！　銀八」

「へい。なんでげす？」

「お前ね、これからひとっ走りして、由利之丞《ゆりのじょう》さんを連れてきてくれないか」

「へぇ？」

いったいどうして由利之丞などを呼ぶ気になったのか。それはわからなかったが銀八は、言われた通りに深川にある陰間茶屋へと走った。

三

美鈴は鼻唄まじりにおさんどんを続けている。気合いが入りすぎて大量にご飯を炊いてしまった。

卯之吉が夜に屋敷にいるのは、いつの日以来のことであろう。最初は、同心の務めで夜回りをしているのだと思っていたのだが、そうではない、ということを何度も思い知らされてきた。

（旦那様もお命を狙われている間は、夜歩きできない）

殺し人に感謝したい気分だ。

そこへ銀八が、おそるおそるやって来た。さっき屋敷を出て行ったと思ったのだが、いつのまに帰っていたのだろうか。美鈴はちょっと、首を傾げた。

銀八が、チラリチラリと視線を美鈴に向けてくる。

「あのぅ、ですね。あっしはそろそろお暇《いとま》しようと思ってるんでげすが……」

オドオドと首をすくめながら、そう言った。

「あら、そう？」

「へい。旦那はどこへも遊びに行けないでげすから……。幇間のあっしには用はないってことで……」

「なるほどね。ご苦労さまでした」

美鈴は喜んで銀八に別れを告げた。銀八は、なにをそんなに怯えているのか、何度も何度も低頭しながら、勝手口から外へ出て行った。

美鈴は若い娘であるが、一角《ひとかど》以上の剣客でもある。銀八の態度に、なにか、きな臭いものを感じた。

（もしや……）

美鈴は片襷《かただすき》を解きながら、急いで卯之吉の座敷に向かった。

廊下で荒海一家の若い衆に出くわした。縄次《なわじ》という、ちょっと変わった名前の男だ。まだ二十四、五に見える年格好だが、修羅場をくぐってきたらしく、鋭い目つきをしている。

三右衛門が吟味して卯之吉の護衛につけただけあって、喧嘩のほうも相当の凄腕であるようだ。懐も匕首の形に突っ張らせていた。

美鈴も武芸者であるから、縄次がかなりの凄腕であることは見抜いていた。しかしそれ以上の凄腕である美鈴は、若い娘ながらヤクザ者などまったく恐れない。縄次の袖を引っ張って訊ねた。

「旦那様は、座敷を出て行かれなかった？」

縄次は首を横に振った。

「さっき、銀八さんが芝居者だか陰間だかを連れてきて、また、連れ出して行きやしたが、旦那はどこにも行っちゃあいやせんぜ」

「そう」

ホッと安堵《あんど》したけれども、念のため卯之吉の座敷を覗《のぞ》きこんだ。

卯之吉は愛用の帷子を着て、こちらに背中を向けて座っていた。薄暗い座敷に蠟燭《ろうそく》を一本だけ灯して熱心に書見をしている。邪魔をしては悪いと思って、美鈴は静かに身を引いた。

（それにしても、由利之丞さんは、なんの用だったのだろう）

卯之吉と親しい陰間といえば、彼のことしか思いつかない。

由利之丞は卯之吉に金策してもらい、芝居の役にありつこうと画策している。今回もその相談だったのであろう、と美鈴は考えた。

台所に戻る美鈴に、縄次が声をかけてきた。

「台所から良い匂いがしてきてたまらねぇや。姐さん、早く飯にしてくだせぇ」

美鈴は「うむ。わかった」と重々しく頷いて、台所に戻った。

屋敷に詰めている荒海一家の分も、ちゃんと夕食を用意してある。大量におかずを作らなければならないので焼き物は無理だと考え、鰹《かつお》を一本、丸ごと買った。これからそれを一刀両断に捌《さば》かねばならない。剣の腕の見せ所だ。

「いざ、参る！」

まな板の上の鰹に一声掛けると、美鈴は包丁を構えた。

切り身にした鰹は藁《わら》で炙《あぶ》ってたたきにした。生姜《しょうが》もすり下ろして薬味にした。我ながら見事な出来ばえだと満足した。

皿に並べて膳を整え、卯之吉の座敷へ持っていく。

「旦那様。夕食の支度ができました」

卯之吉はまだ、こちらに背を向けて書見をしていた。

美鈴は膳を据えると、おひつの横に腰を下ろした。いつでも卯之吉のお代わりに応えられるようにと、そこに座っているのだが、食の細い卯之吉からお代わりを頼まれたことは一度もない。

卯之吉はまだ、こちらに背を向けて書見をしていた。役目に関わる調べ物であろうか、と美鈴は思った。

町奉行所も卯之吉本人も、大変な事件に巻き込まれていることは知っていた。しかし、食事ぐらいはきちんと取らないと身体が参ってしまうだろう。

「旦那様、お食事になさいませ」

そう促しても、卯之吉は書見台に顔を向けている。

普段の卯之吉であれば、なんであれ、返事ぐらいは返す。

これは異常だ、と美鈴は察した。

(まさか、殺し人に……)

書見をしているところを急襲され、命を奪われてしまったのではあるまいか。座ったままの姿ですでに死んでいるのでは、などと不吉な思いが脳裏を過《よぎ》った。

「旦那様ッ!」

美鈴は悲鳴に似た声を張り上げて、卯之吉に飛びついた。柔術の技を無意識に使っている。卯之吉の細い身体を腕の中で一回転させてこちらへ向かせた。

そして美鈴は、またしても悲鳴を上げた。

「あなたは！　ゆ、由利之丞さんッ!」

由利之丞が困惑しきって、ほとんど泣きだしそうな顔つきで頷いた。

「ああ……。どうしてこんなことに巻き込まれちまったのかなぁ」

由利之丞は愛らしい顔つきを情けなさそうに歪《ゆが》めながら、夜道をトボトボと歩いた。

四

銀八が使いとしてやって来て、卯之吉の屋敷に呼ばれた。

由利之丞にとって卯之吉は大切な金主であるから、呼ばれればいつでも飛び出していく。「急げ急げ」とけしかけられながら八丁堀を目指して走った。

勝手口から入ると美鈴に見つかるから、という、意味不明な理由で庭に通され、庭先から座敷に上げられた。そして迎え出た卯之吉から「装束を取り替えて同心八巻卯之吉に成り済ますように」と依頼されたのだ。

卯之吉には何度も世話になっている。お陰で大舞台を踏むことだってできた。その評判は散々だったが。

とにもかくにも卯之吉の依頼は断れない。由利之丞は派手な振袖を卯之吉に譲り、自分は卯之吉の帷子を着て、書見台の前に座った。

卯之吉は笠で顔を隠して屋敷の外へ出て行った。歌舞伎役者は外出する際、顔を隠さなければならないという法度《はっと》がお上から出ているので（そんな法度を杓子《しゃくし》定規に守っている役者はほとんどいないが）、卯之吉は堂々と顔を隠して出て行くことができたのだ。

由利之丞はこれでも役者である。演技力がものを言ったのか、それとも単に薄暗かったからか、荒海一家の若衆と美鈴の目を誤魔化すことができた。

しかしあとが怖い。荒海一家の若衆も、美鈴も、騙されたと知れば烈火の如くに怒るだろうし、その怒りは卯之吉にではなく、自分に向けられるだろうと予想できた。

そして案の定、夜道を歩かされているわけである。

激怒した美鈴は由利之丞に、卯之吉を連れ戻してくるように命じた。美鈴は見た目は愛らしい娘だが、大名家の剣術指南役をも上まわる剣の腕を誇っている。由利之丞に太刀打ちできる相手ではない。付け焼き刃の護身術などなんの役にも立たない。一太刀で首でもなんでも刎《は》ねられてしまう。

荒海一家の若衆たちも怒気を漲《みなぎ》らせたり震え上がったりと忙しい。この失態が三右衛門に知れたらどんな折檻《せっかん》をうけるかわかったものではないからだ。

荒海一家の若衆たちからも怒鳴りつけられたり泣きつかれたりして、仕方なく、吉原への道を歩いているのである。

困ったことに、美鈴も、荒海一家も、吉原の中には入れない。だから由利之丞が一人で行かねばならないのだが、

（それだったら、オイラだって拙《まず》いよ）

と、由利之丞は思った。

由利之丞は吉原では同心八巻卯之吉ということになっているのだ。

そう抗弁すると美鈴は、大小の刀を突き出してきた。これを差して行け、ということらしい。差料は卯之吉の物であるようだ。卯之吉は刀を置いて出ていったのである。

（まったく、とんでもない同心様がいたもんだよなぁ……）

呆れ返りながらトボトボと一人、夜道を歩く。荒海一家の若衆たちがついてきてくれるのだろうと期待したのだが、「俺たちが揃って出ていったら、旦那に逃げられたことがバレちまう」と言って、若衆たちは屋敷から離れるのを嫌がった。

（なんなんだよ、まったく）

愛らしい美貌を不貞腐れさせながら、由利之丞は吉原へ向けて歩き続ける。

とはいえ、吉原へ赴《おもむ》くこと自体は嫌ではない。吉原で由利之丞が扮《ふん》した八巻卯之吉の人気は絶大だ。売れない端役役者の由利之丞も吉原でだけは、千両役者のように拍手喝采され、黄色い声を満身に浴びることができるのである。

そう自分を慰めて、由利之丞はこの面倒な役を引き受けたのだ。

遠くに吉原の明かりが見えてきた。先の大水で被害を受けた浅草だったが、江戸っ子たちはそんなことなどすっかり忘れた顔つきで、享楽に耽《ふけ》っていたのであった。

吉原は、俗に浅草田圃《たんぼ》と呼ばれた田園地帯の真ん中にあった。風紀の乱れを嫌った幕府によって、故意に僻地《へきち》に遠ざけられていたのだ。

吉原に通う金持ちたちは山谷堀《さんやぼり》まで舟で行く。それは金持ちの見得ばかりではない。途中の道中が物騒だったのだ。吉原の北西に伸びる大音寺通りなどは辻斬りが出没することで有名だった。

とはいえ昨今は、同心の八巻様が夜回りでの辻斬り狩りを敢行している――という噂が立っている。南町の同心、八巻といえば、悪党どもから〝人斬り同心〟の威名を奉られているほどの剣客だ。辻斬りや追剝《おいは》ぎたちはすっかり鳴りを潜め、お陰で治安もずいぶんと良くなった。

八巻に扮した由利之丞も、格段、怖がる様子もなく、足を急がせた。

向こう傷ノ角蔵が小声で叫んだ。

「八巻だ！」

「野郎め、やっぱり、辻斬り狩りに出てきやがったぜ」

田圃の中の細道を提灯を片手に由利之丞が歩んでくる。道の脇の茂みに潜んだ角蔵の目にははっきりと、その優美な顔だちが見えていた。

角蔵もまた、由利之丞を八巻だと思い込んでいた。世直し気取りの浪人、松川《まつかわ》八郎兵衛《はちろべえ》の娘、お咲《さき》を拐《かどわ》かそうとした際に、高らかに名乗りを上げて駆けつけてきたからだ。

角蔵の後ろには幽鬼のように痩せた浪人、浜田が身をひそめていた。こちらは角蔵ほどには夜目が利かない。栄養失調が原因で暗い場所での視力が落ちている。

「あの浪人はいるか」

浜田は訊ねた。八巻（由利之丞）と一緒に駆けつけてきた浪人（水谷弥五郎）と浜田は刃を合わせた。四郎兵衛番所の邪魔が入ったので決着はつかなかったが、手強《てごわ》い相手だと思っていた。

角蔵は首を横に振った。

「いいや、八巻一人ですぜ」

「左様か」

剣客同心の八巻と、手下の浪人の二人を同時に相手をするのは不利だと浜田は考えていた。

「八巻一人であるのなら、好都合だ」

浜田は腰の刀を差し直した。

角蔵は首を傾げた。

「手下の浪人だけじゃあござんせん。小者の一人も、連れ歩いてはいやせんぜ」

通常、同心というものは、岡っ引きなどを引き連れているものなのだ。

浜田は「フン」と鼻を鳴らした。

「ヤツの目的は辻斬り狩りだ。故意に油断があるように見せかけて、辻斬りが襲ってくるのを待っておるのに違いない」

「なるほど、憎たらしい野郎だ」

「しかし、その策が今宵《こよい》は裏目に出る。このわしは辻斬りどもとは違うぞ」

おのれの腕に絶対の自信を持っている浜田なのだ。

浜田は背後にチラリと視線を送った。

「お前の出番はなさそうだな、吉兵衛」

二人のさらに後ろには、もう一人の殺し人、吉兵衛が隠れていた。吉兵衛は愛想笑いを浮かべた。商人の変装として完璧な微笑だ。着ている着物も髷《まげ》の結い方にも不自然さはない。吉原に遊びにきた商人そのものになりきっている。

「さぁて、どうでございましょう。浜田様がお仕事を成し遂げられるでございますれば、それはそれで大変に結構なお話でございます。ですが手前は、手前のやり方を、進めさせていただきますよ」

「ふん。好きにするが良い」

三人は茂みの中から出た。

五

「おや」と、由利之丞は視線を上げた。

何者かが吉原の方から走ってくる。中年の、お店者《たなもの》のようだ。

由利之丞は即座に異常を感じ取った。あの走りかたは只事ではない、と直感したのだ。

およそ江戸時代の人間は、飛脚や魚屋ぐらいしか、道を疾走したりはしなかった。綺麗な身形《みなり》のお店者なら尚更だ。急の用件でも丁稚《でっち》小僧を走らせる。

卯之吉であればボンヤリと突っ立って見守る場面だが、由利之丞は即座に腰の刀に手を伸ばした。――こんな姿は卯之吉などより、よほど同心らしく見えた。

お店者は由利之丞の姿を認めたのか、大きく手を振りながら叫んだ。

「お助けください！　辻斬りに追われておりますッ」

「辻斬り！」

これには由利之丞も驚いた。

普段の由利之丞であれば、一緒になって尻をからげて逃げ出すところだ。しかしこの時の由利之丞は、これから吉原に乗り込むということで、心構えが半分、同心八巻卯之吉になりかけていた。

それに腰には本物の刀が差さっている。腰に刀があるだけで物腰も自然と武士らしくなってしまう。それが芝居者の習性だ。

お店者が由利之丞の足元に転がるように走ってきて、その背後に隠れた。道の向こうからは、やたらと痩せた、骨と皮ばかりに見える男が走ってきた。

（絵に描いたような痩せ浪人だな……）

などと由利之丞は思った。仕官の当てもなく、食い詰めて、辻斬り稼業に身を堕《お》としたのだろう。普段、水谷弥五郎の逞《たくま》しい肉体を見慣れている由利之丞は、（たいしたことはなさそうだ）などという気分になった。そもそも江戸の町人は、心の中では痩せ浪人を激しく見下しているものである。

由利之丞はお店者を背後にかばうと、痩せ浪人に向かって大喝した。

「南町奉行所同心、八巻卯之吉であるッ！」

南北町奉行所きっての辣腕にして凄腕の剣客同心、八巻卯之吉の名を出せば、痩せ浪人は恐れをなして逃げ出すはずだ、と考えたのだ。

ところが、問題の痩せ浪人は特に驚いた様子も見せなかった。走るのだけはやめたが、代わりに油断のない行歩で、ジリッ、ジリッと、間合いを詰めてきたのである。

由利之丞は（あれっ？）と思った。想定では、辻斬りが身を翻《ひるがえ》して逃げ出して、お店者から涙ながらに礼を言われるはずだったのに、案に相違して浪人が凄《すさ》まじい殺気を放ってきたではないか。

「ちょっ、ちょっと待て！　良く聞けよ。オイラは南町の八巻だぞ。悪党どもから人斬り同心と恐れられているオイラの武名を知らねぇのか」

啖呵《たんか》を切ったが、浪人は、さらに間合いを詰めてくる。

由利之丞の全身にゾクッと寒けが走った。同時に冷や汗が全身に滲み出た。

「八巻……」

浪人は不気味な声を絞り出した。まるで墓場の土饅頭の下から響いてきたような声だ、と由利之丞は思った。

闇の中で、浪人の両目だけが炯々《けいけい》と光っている。

「貴様にはなんの遺恨もない。しかしこれがわしの稼業なのだ。八巻卯之吉、そこもとの命、貰い受ける」

「えっ、えええッ？」

由利之丞は（しまった！）と思った。

（こいつが、荒海一家や美鈴様が言っていた殺し人かよ！）

これは拙いことになった。こんなところで人違いをされて殺されたのでは、死んでも死にきれない。

（嘘をついたことを白状して、謝っちまおう！）

と思った直後に、ハタと気づいた。

（この浪人、お咲ちゃんを攫《さら》おうとしたヤッだ！）

一度ならず二度までも、八巻卯之吉だと名乗ってしまっている。顔も身覚えられているはずだ。言い逃れは通用しそうにない。

（こ、こうなったら……！）

最後まで八巻卯之吉として振る舞うしかなさそうだ。自分でも（オイラ、なんて馬鹿なことを考えてんだい！）と思ったのだが、

（ヤッだってオイラのことを、凄腕の剣客だと勘違いして用心しているはずだ。すぐには斬りつけてこれないだろうぜ。その隙に逃げるんだ！）

必死に思案をまとめると、背後のお店者に向かって叫んだ。

「ここはこの八巻が食い止める！　お前は早く逃げろ！」

こんなときにまで辣腕同心の芝居を続ける自分の役者根性に、由利之丞は我ながら呆れたり、驚いたりした。

お店者が遠ざかっていく。由利之丞は「フンッ」と鼻息を吹きながら刀を抜いて、目茶苦茶な我流で構えた。

「さあこいッ、この八巻の刀の錆《さび》にしてくれんッ」

痩せ浪人に向かって啖呵を切った。

痩せ浪人は、なんの反応も見せずに、ユラユラと身を寄せてきた。

吉兵衛は草むらに身をひそめた。その場所から八巻と浜田の決闘を見守るつもりであった。

背後から八巻に襲いかかっても良かったのだが、それでは浜田への義理が立たない。

（音に聞こえた八巻の剣術、どれほどのもんか、この目ェで確かめさせてもらいまひょか）

とはいえ辺りは夜の闇だ。加齢で視力の衰えてきた吉兵衛にとっては、少々不都合な場所ではあった。

由利之丞は、（逃げの一手だ）と最初から決めてかかっている。真っ向から斬り合ったら勝ち目はない。

（相手は痩せっぽちの浪人だぜ）

走って走って走り回っていれば、いずれ浪人の息が上がるだろう。逃げきることができるはずだ。

由利之丞は抜き身の刀を鋭く突きつけた。

「我が剣の奥義、とくと見るが良い！」

などと大声でのたまって、浪人が「むっ」と身を引いたところで、

「今だ！」

身を翻して遁走《とんそう》した。

これには浪人も一瞬、呆気《あっけ》にとられた様子であったが、すぐに「待てッ」と怒鳴って走り出した。

由利之丞は道を外れて畦《あぜ》に逃げ込んだ。高く生えた夏草をかき分け、畑に踏み込み、田圃の水が染みて泥だらけの地面に難渋しながら走り続けた。

その背後を浪人が悪鬼《あっき》の形相で追ってくる。


吉兵衛は最初、何が起こったのか理解できなかった。

「八巻が、逃げおった？」

そんな馬鹿なと思ったものの、すぐに考え直した。

（八巻のことや、おのれにとって都合のエェ場所に浜田はんを引き込む算段に違いないで）

名人、達人の域に達した剣客は、さながら足の裏に目があるようだという。いかなる荒れ地にも躓《つまず》くこともなく、泥に足裏を滑らせることもない。

（浜田さんは見ての通りの半病人や。足場の悪い所のほうが有利やと考えたに違いないで）

まだ若いのに、まったく老獪《ろうかい》な剣客である。敵としておぞましいものを感じながら吉兵衛は、二人の決闘を見通せる場所へと移動した。

由利之丞は次第に焦燥《しょうそう》を募らせ始めた。

どれだけ必死になって走っても、浪人を引き離すことができない。

いつまでもどこまでも、浪人の足音が追ってくる。しかも次第に距離が狭まりつつあるようだ。

（そんな馬鹿な！）

由利之丞は端役の役者だ。舞台の上では舞台全体を所狭しと駆け回ったり、トンボを切ったりして、場を賑やかにさせるのが役目であった。その程度の役しかあてがってもらえないわけだが、そのお陰で身は軽い。

それなのに、どうしても逃げきることができない。

（刀のせいだ！）

二刀が重くて上手く走ることができないのである。いっそのこと投げ捨ててしまいたい気分だが、しかしこの刀は卯之吉の差料だった。卯之吉は大事な金主で、卯之吉に金を出してもらわなければ由利之丞はまともな役につけない。大切な旦那の、大切なお刀を無下には扱えないのである。

「ヒイイイッッ」

恐怖で頭が混乱し、思わず足元をもつれさせてしまった。悪夢の中で上手く走ることができないのと似ていた。

由利之丞の手足はますます萎縮《いしゅく》していく。

そしてついに、用水路に行く手を遮《さえぎ》られてしまった。

由利之丞は右に左に首を振って逃げ場所を探した。しかしどこにも逃げ場はない。右手には用水路、左手は獣除けの柵が立っている。うっかり袋小路状の場所に踏み込んでしまったのだ。

「もはや、逃れられぬぞ」

浪人が迫ってきた。乱れ髪を逆立て、目を剝《む》き、顔面を真っ赤に紅潮させている。肩を怒らせて大の字に立つ姿はまるで悪鬼羅刹《らせつ》の化身のようだ。着物の袖が殺気を孕《はら》み、大きくたなびいて見えた。

「あッ、ああっ……」

由利之丞は刀を前に突き出したが、手足は恐怖で硬直している。さながら蛇に見込まれた蛙だ。もはや斬られるのを待つばかりの心境だった。

「尋常に勝負！」

浪人は腰を落とすと右手を刀の柄《つか》に置いた。この体勢を居合腰という。一瞬の抜刀で斬撃《ざんげき》を加える。ただ一太刀で相手の命を奪うための構えだ。

由利之丞はもう、喘《あえ》ぎ声も悲鳴も出てはこない。刀だけはどうにか構えているが、その刀身が激しく震えていた。

（オイラ、もうダメだ！）

ここで死ぬのだ、これが最期なのだ、と諦めかけたその時、

「ゴフッ……」

突然、浪人が咳きこんだ。

「ゴフッ、ゴフッゴフッ！」

痩せた肩を大きく上下させている。なんの発作が始まったのか、形相が苦しそうに歪んだ。

由利之丞は、(今しかない!)と思った。浪人の前から逃げ出すには、この隙を突くしかない。浪人は苦しげに咳きこみ続けている。もはや抜刀もなるまいと思えた。

逃げ場は背後にも左右にもない。浪人の横を通って逃げるしかない。由利之丞は兎のように身を低くして跳躍して、浪人の脇をすり抜けようとした。

その瞬間、浪人が前屈みになって、全身を痙攣《けいれん》させた。

「ガハ――――ッ!」

大きく口を開け、喉の奥から凄まじい勢いで血を吐いた。由利之丞は浪人の横を走り抜けながら、ビックリして、浪人の吐血を見つめた。

浪人はガックリと膝を地面についた。なおも激しく咳きこんでいる。咳をするたびに凄まじい量の血を吐いた。肺腑そのものを吐き出してしまうのではないか、と思えたほどであった。

浪人は前屈みにバッタリと倒れた。自分が吐いた血の海に顔を埋める。

「う、ウオウウウ……」

しばらく呻いていたが、やがて、静かに脱力した。

由利之丞は、恐る恐る、浪人に近寄って、その顔を覗きこんだ。

浪人は目を剝いたまま動かない。息が止まっているようだ。

「し、死んだのか……？」

足の先でツンツンと蹴《け》ってみる。それでも浪人は、まったく身動きをしなかった。

（いったい、今のはなんだ！）

吉兵衛は声もなく、浜田の死に様を見つめた。

田畑を走り回っていた八巻であったが、ようやく足場に満足したのか、身を翻して刀を構えた。浜田は得意の居合の体勢で対峙した。

と、浜田の身体が震え始めた。

（浜田はん、八巻の殺気に当てられて、震えがきたのに違いないで）

そう思った直後、八巻が浜田の懐に飛び込んだ。素早い身のこなしで浜田の真横をすり抜けた。そして浜田は大量に血を吐きながら倒れた。

たったの一太刀。凄まじいまでの殺人剣だ。

（殺しの世界に長年身を置いてきたわしやけど、あんな太刀筋は見たことがないで！）

八巻が刀を振る様は、ついに見て取ることができなかったのだ。

（わしの目には……、八巻が刀を使ったようには見えなかった……）

目にもとまらぬ早業——などという慣用句は良く耳にするが、実際には、目に見えないほどに速い斬撃などあるはずがない。と、今日の今日まで信じてきた。

しかし吉兵衛は生まれて初めて、人間の視力を超越した太刀筋を目の当たりにしてしまったのだ。

八巻卯之吉は江戸でも五指に数えられる剣豪。その噂はまったく正鵠《せいこく》を射ていたのだ。

（な、なんちゅう男の、殺しを請けてしもぅたんや……）

身震いしながら後悔したが始まらない。一度仕事を引き受けたなら、命に代えてもやり通す。それが殺し人の世界の不文律だ。

向こう傷ノ角蔵もやって来た。

「浜田先生が斬られた！　山嵬坊親分に、なんて言ったらいいんだ」

角蔵の顔も蒼白である。二人は卯之吉に気づかれぬように、その場を離れた。

「この死体、どうすりゃあいいんだろう」

由利之丞は大いに悩んだが、この始末は卯之吉にやって貰うしかないと考えた。

「そもそも、若旦那をつけ狙った刺客なんだからな」

とんだとばっちりというものだ。由利之丞は苦労しながら道に戻って、吉原に向かおうとした。

その時、

「あら？」

と、聞き覚えのある声が、道の江戸寄りの方向から聞こえてきた。見れば、美鈴と荒海一家の子分が一人、こちらへ歩いてくるところであった。

「この陰間野郎ッ、まだこんな所で油を売っていやがったのか！」

その子分、縄次が袖まくりをして凄む。この二人は卯之吉の帰り道を護衛（あるいは監視）しなければならないと思案して、迎えにきたのに違いなかった。

美鈴も縄次も恐ろしく強そうに見えた。頼り甲斐のある勇姿だ。由利之丞は地獄で仏ならぬ金剛力士と出くわしたような心地がして、二人の元に駆け寄った。

美鈴と縄次は浪人の死体を確かめた。一大事だ。由利之丞が吉原に乗り込んでは騒ぎが大きくなると判断し、縄次が卯之吉を呼びに走った。

六

銀八に提灯で浪人の死体を照らすよう命じながら、卯之吉は丁寧に検視をした。

「ははぁ……」

「このお人は肝ノ臓が悪かった。肝ノ臓が悪いと、別の病にかかりやすくなります。不摂生が祟《たた》って、肺も病んでいたんですね。それなのに、無理に走り回ったものだから肺腑の血管《ちくだ》が破れ、吐血をして……普通の病人なら、一回の吐血ぐらいでは死にやしません。あと何ヶ月かは持つものですが、このお人の弱った五臓六腑は、大量の吐血に耐えられなかったのでしょうね」

卯之吉は得々として説明したのであるが、皆は微妙な顔つきだ。納得したり、感心したりした者はいない。

縄次が、恐る恐る、訊ねた。

「病の見立てじゃなくて、人相をお検《あらた》め願いてぇんですが……」

卯之吉は医者ではない。同心だ——ということに世間ではなっている。

「ああ、そうだね」

卯之吉はチラッと浪人の顔を見た。そして、実に素っ気ない態度で「知らない」とだけ答えた。

「旦那様、町奉行所の人相書きと照らし合わせては如何《いかが》でしょう」

「そうだね。でもそれは、検視与力様がやってくださるでしょう」

まったくの他人事である。

縄次は、何事にも動じない卯之吉に感服しつつも、

「殺し人が本当に襲ってきたんですぜ。旦那ッ、お屋敷にお戻りになった方がいいですぜ！」

強面の顔つきながら涙でも流さんばかりに懇願した。

美鈴も、放っておくと卯之吉は「それじゃ、あたしは吉原に戻りますから」など言い出しかねないことを知っていたので、頑として道に立ちふさがった。

「さぁ、お屋敷にお戻りください！」

強い口調で促した。

銀八も由利之丞も震え上がっている。卯之吉が飲み直そうと言っても、ついて来るようには見えない。

卯之吉は肩を竦《すく》めた。

「仕方がないねぇ。それじゃあ、帰るとしようかねぇ」

などと、あくびでもしそうな口調で答えたのであった。

第三章　佐吉春秋

一

佐吉は陰鬱《いんうつ》な顔つきで吉原へと足を運んで来た。

佐吉は十七歳。ちょうど嫁を迎える年頃だ。いつも冷やかな顔つきで表情も乏しいが、目鼻だちは整っている。手足が長くて姿も良い。ここへ来る途中、すれ違った町娘たちが目引き袖引きして佐吉の姿を評しあった。佐吉もそれには気づいていたが、煩《わずら》わしげに首をすくめただけで黙殺した。

吉原の大門をくぐろうとしたところで、四郎兵衛番所の若衆に呼び止められた。

「兄さん、そんな野暮な物を持ち込まれちゃ困るぜ」

佐吉が肩に担いだ頭陀袋《ずだぶくろ》に目を止めたのだ。

職人の道具などを持ち込まれて、喧嘩などの際に振り回されてはたまらない。遊女を脅す道具にもなる。四郎兵衛番所の若衆たちは客の手荷物をも監視していたのだ。

吉原で遊ぶ者たちは、荷物を外の茶屋に預けてくる。五十間道には手荷物や刀を預かる茶店が並んでいた。

佐吉はチラッと低頭した。

「あっしは遊びに来たんじゃねぇんで。達磨屋《だるまや》さんのところの建具を直すようにって、言いつかってきたんでさぁ」

佐吉の頭陀袋には、確かに彼の大切な仕事道具が入っている。

佐吉はこの仕事道具を何時《いつ》いかなる時でも、手元から離さなかった。離すつもりもなかった。だから建具職人だ、などと嘘をついたのだ。

「こんな時刻に仕事かい？」

若衆は天を見上げた。夕日に染まった雲がたなびいている。空は群青色《ぐんじょういろ》になりかけている。小半刻（三十分）もしないうちに真っ暗になるはずだ。

しかし四郎兵衛番所の若衆は（店の目立つ所を酔客が壊したのかも知れない）

と考えた。吉原には昼見世《みせ》もある。昼見世の客が壊した部分を、夜見世が始まる前に片づけたり、見苦しくないように手直ししておくことは、容易に考えられた。

「よし、通りな」

佐吉はチラッと頭を下げて、後は無言で門を通った。

四郎兵衛番所の若衆は仲《なか》ノ町《ちょう》の雑踏へと消える佐吉を薄気味悪そうに見送った。

「若《わけ》ぇのに、辛気臭《しんきくせ》ぇ野郎だなァ」

表情はほとんど変えず、ボソボソと聞き取りづらい小声で口を利いた。斜に構えて粋がっているのとも違うようだ。

「なんとも気色の悪い若造だったぜ」

若衆は首を振って、佐吉のことを頭から振り払った。

佐吉は達磨屋などには向かわなかった。そもそも建具の仕事で呼ばれてなどいないのだから当然だ。

佐吉は、一軒の遊廓の前で足を止めた。半籬《はんまがき》の中《ちゅう》見世である。籬の奥の張見世に大きな雪洞《ぼんぼり》が立てられていて、張見世に座った遊女の姿を煌々《こうこう》と照らしだしていた。

吉原の遊廓は格の高い順に、惣籬の大見世、半籬の中見世、惣半籬の小見世に分けられていた。さらにその下に、羅生門《らしょうもん》河岸や浄念《じょうねん》河岸の切り見世があった。

中見世ともなればかなりの格だ。登楼するにはそれなりの大金が必要だった。

佐吉は職人に扮《ふん》して吉原にやって来た。佐吉と同じ年ごろの職人の稼ぎでは、どうあっても中見世に登楼することはできない。

だから佐吉が中見世の前で立ち止まり、張見世に座った遊女を無言で眺めていても、取り立てて訝《いぶか》しく思われることもなかった。

吉原には他にも素見《ひやかし》の客が歩いている。田舎から出てきたお上りさんも、話の種にとばかりにやって来て、金もないのに遊女たちを見て回る。それが吉原の風景だ。素見の客に菓子や酒を売る店まであったほどなのだ。

夕闇が濃くなった。佐吉の姿は本物の影のように、見極めがつきにくくなっていた。

佐吉は、張見世に座る一人の遊女を見つめた。

（お嬢さん……）

顔つきはいつも通りに沈鬱で、表情も乏しかったが、心の中で佐吉は激しく慟《どう》哭《こく》していたのだ。

恩人とも慕う娘が惨めな姿で座っている。籬の前に集まった遊《ゆう》冶《や》郎《ろう》に下品な声を浴びせられ、さらには、小金持ちに見える男に、自分が吸いつけた煙管の吸い口を差し出すような真似までしていたのだ。

佐吉にとってその娘は天女にも等しい高貴な存在であった。そして、遊女の装束に身を包んだ今の姿も、まさに天女と見《み》紛《まが》うばかりに美しく思えた。


佐吉はその娘の名を知らない。皆は〝越《えっ》中《ちゅう》屋《や》のお嬢さん〟と呼んでいた。

江戸の女は、高貴な身分になるほど、他人に名を明かしたりはしなかった。親や友達は本名で呼ぶだろうが、他人や使用人は名を呼ぶことを躊《ちゅう》躇《ちょ》するし、失礼にあたると考えている。

貴族や大名家のお姫様がその名を他人に知られる、というのは、裸を見られるのと同じくらいの屈辱であった。その気風は商家でも同じだ。お嬢さんの名を知ろうとすること自体が無礼なのだ。

それほどに身分の隔絶していたお嬢さんと佐吉であったのだが、なぜかお嬢さんは、佐吉にとても良くしてくれた。佐吉は孤児であった。幼いころに両親を亡くした。どうやって父母と死に別れたのかはわからない。佐吉にも記憶がない。

周囲の人々がこっそりと囁《ささや》きあう話から察するに、どうやら両親は、悪党の手にかかって無残な最期を遂げたらしい。しかもその光景を、佐吉は目にしていたらしいのだ。

しかし佐吉は父母の死に様をまったく思い出すことができない。佐吉自身の心が壊れないように、自分で記憶を押さえこんでいるのだろう、と、物知りの爺《じい》さんに言われたことがあった。

楽しかったはずの父母との記憶、幼少期の記憶を喪失するのと同時に、佐吉は感情をも失った。少なくとも、表には出さなくなった。

佐吉は親族の家をたらい回しにされながら育った。そして七歳になった時に、薪屋に売られた。丁稚《でっち》奉公に出されたのではない。奴隷として売られてしまったのだ。

貧しくて不幸な人間は容易に売り飛ばされる。女なら遊女として売られる。男は下働きや水呑み百姓として売られた。

この境遇は人ではなかった、と佐吉は思っている。水車小屋の水車が一日中臼を撞《つ》いているのと同じだ。一日中、ただ働きするためだけに、人に買われた道具なのだ。

薪屋は用命を受けると薪や柴を運んでいく。さらに依頼をされると、その薪や芝を割ったり、切ったりする。

幼い佐吉に薪割りは無理だ。しかし、柴を短くしたり、杵《きね》で叩《たた》いて細かく割るぐらいのことはできる。割られた柴は火が燃え移りやすくなるので、焚《た》き付けとして都合よい。

佐吉は小さな手で、毎日毎日、朝から晩まで柴を切り、柴を叩いた。子供の手の薄い皮はすぐに擦《す》りむけ、血まみれになった。それでも休むことは許されなかった。「休むのは死んでからでたくさんだ。死んじまえば、いつまでだって寝ていられるんだからね」というのが、薪屋の内儀の言い分だった。つまりは佐吉を、過労で死ぬまでこき使うつもりで買った、ということなのだろう。

それでも佐吉は泣いたりはしなかった。両親の死という大惨事で感情が麻痺《まひ》してしまった佐吉は、もはや悲しみも怒りも、なにも感じられなくなっていたのである。

そんな佐吉にただ一人、優しく接してくれたのが、越中屋のお嬢さんだった。佐吉が柴を竈《へっつい》の前に運んでいくと、奥座敷から台所へ出てきて、菓子などを恵んでくれた。時には手ずから佐吉の手に薬を塗ってくれたこともあったのだ。

大店《おおだな》のお嬢さんのこの善行が、なんの気まぐれだったのかはわからない。しかし佐吉は、この人こそ、天女の生まれ変わりに違いない、と考えた。

お嬢さんの方が佐吉より年上だった。今にして思えば三つか四つしか違わなかったのだろうが、子供の目にはずいぶんと大人の女に見えたものだ。

菓子を恵んでほしかったわけではない。薬を塗ってほしかったわけでもない。佐吉は、ただこのお嬢さんの顔を見たさに、喜んで越中屋へ柴を運んだ。

ところが――。

ある日突然、越中屋からの用命がこなくなった。佐吉は来る日も来る日も、越中屋の小僧がやってくるのを待ち続けたのだが、ついに、なんの便りもなくなってしまった。

たまりかねた佐吉は、主人と内儀の目を盗《すき》んで越中屋へ走った。仕事を放り出して抜け出したりしたら、店に帰った時に凄まじい折檻《せっかん》を受けるとわかっていたのだが、どうしてもそうせずにはいられなかったのだ。

そして、見慣れた通りを曲がった佐吉が目にしたのは、越中屋があった場所に暖簾《のれん》を掲げる、別の店であったのだ。

佐吉は呆然《ぼうぜん》と立ちすくんだ。店を出入りしているお店者《たなもの》や、主らしい男の顔にも見覚えがない。小半刻ほどして、ダラリ結びの長い帯を垂らした振袖姿の娘が出てきたが、その娘もやはり、越中屋のお嬢さんではなかった。

佐吉はその店に駆け寄った。表道を掃除していた丁稚小僧に「越中屋さんはどうなったのか」と聞いた。

小僧はこまっしゃくれた顔つきで「越中屋さんは仕舞いになった。だからウチの旦那様がこの地所を買ったんだ」と答えた。

仕舞いになるというのがどういう意味かは、佐吉も知っていた。

大人なら、越中屋さん一家はどこへ立ち退《の》いたのかと問うたであろう。しかし佐吉にはその智慧《ちえ》もなかった。トボトボと薪屋に戻り、案の定その夜は、恐ろしい折檻を受けた。

佐吉は心を閉ざしたまま十五の春を迎えた。憂悶《ゆうもん》をおびた顔つきで終日、黙々と働き続ける。いまやこの薪屋にはなくてはならない存在になっていた。

薪屋の親戚や隣近所の商家の主は、佐吉の働きぶりを褒めてくれて、薪屋の親爺と内儀に向かって手代や番頭として処遇してやったらどうか、と勧めた。

しかし、業突張《ごうつくば》りの主人と、性根の曲がった内儀は、頑としてはねつけて、佐吉に対してさらに辛く当たった。佐吉の評判が良いことが腹立たしくて、憎らしくて仕方がない、とでも言わんばかりであった。

佐吉はどんなに悲惨に扱われても、それを辛いとは感じなかった。もはや人間の感情を失くしていたのかも知れない。

その佐吉が、激しく心を動かすことになる日がやってきた。吉原の見世に薪を届けた際、偶然にこの中見世の前を通りかかり、籬越しにあの、越中屋のお嬢さんの姿を見てしまったのだ。

佐吉は一目でそれとわかった。月日は流れ、お嬢さんは少女から大人の女へと変貌していたが、あの天女のような高貴さは少しも損なわれていなかった。

なにより佐吉が衝撃を受けたのは、その高貴なお嬢さんが、遊女などという悲惨な身分に零落していたという事実であった。

佐吉ももう子供ではない。越中屋とその娘の身に何が起こったのか、薄々と察することができた。越中屋は商売で失敗し、店を潰し、そのうえ借金までこさえたのだ。借金のカタとして娘が吉原に売られた。幼かったお嬢さんは、禿《かむろ》として先達（先輩）の遊女に仕えながら郭《くるわ》の仕来りや遊女の手練手管《てれんてくだ》を学び、そしてついに張見世に出てきたのである。

佐吉は激しく心を震わせた。

悲しさや怒りといった感情を失くしてしまった佐吉には、どうして自分が取り乱しているのか、いったいこの心の震えは何なのか、それすら理解できなかった。しかし、とにもかくにも、居ても立ってもいられない心地となったのだ。

佐吉は見世の裏に回った。そしてお嬢さんを解放するようにその見世の楼主に頼んだ。

そんなことを頼まれても、楼主としても困ってしまう。禿の頃から飯を食わせ、読み書きや芸事を学ばせてきたのだ。吉原の遊女はただの売春婦などではけっしてない。最高級の教養を身につけた女たちであった。

大金を叩《はた》いて一人前の遊女に育て上げたのに、「可哀相だから自由の身にしてやってくれ」などと言われても受け入れられない。楼主はけんもほろろに、この非常識な若造を追い払った。佐吉は、駆けつけてきた四郎兵衛番所の若衆たちに摑《つか》まり、殴られ蹴《け》られ、大門の外へ放り出された。

佐吉は、若衆の手を振り払おうともがきながら、「あの人は、オイラの恩人なんだ」と訴えた。

四郎兵衛番所の若衆たちにとって、この手の愁嘆場は珍しくもない。

「だったら金を持ってこい。金さえあれば身請けができるんだぜ」

と、つれない口調で教えてくれた。

佐吉はそれから毎日、吉原の仕来りに詳しそうな者たちに、いくら用意すれば遊女の身請けができるのかを訊ねて回った。

最上級、松ノ位の遊女だと、花魁《おいらん》の年季証文の相場が千両。身請けするにはその千両と、揚屋《あげや》や妹女郎、禿、牛太郎など、吉原全体への祝儀と礼金を弾まなければならない。その金額が証文と同額であるという。つまり花魁なら二千両が必要だということだ。

半籬の中見世の遊女でも、証文は三百両から五百両はするだろう。つまり六百から千両の金が要る、ということだった。

佐吉は——、
今思うと自分でも呆然とするのであるが、その夜、薪屋の主人と内儀を殺害した。

そして金箱の中の小判と銭を残らず奪って逃走した。

江戸の外れの小石川まで逃げて、奪った金銭を数えた。佐吉を悄然《しょうぜん》とさせたことにその金額は、千両から六百両には遠く及ばぬ小額であった。

佐吉はただ働きをさせられていたので、自分の店で扱っている金額の多寡がどれほどのものであるのかを、まったく理解していなかったのである。

（人を二人も殺して、これだけか）

と、悲しくなったのだが、その悲しさは主人と内儀を殺してしまったことに対する悲しさではなく、手に入れた金が少なすぎることに対する悲しさであった。

佐吉は、（もっともっと、人を殺さねばならない）と思った。

少なくとも、人を殺せば手っ取り早く金が手に入る、ということだけは理解した。あとは、身請けの額に達するまで殺していけばいいのだ。

佐吉には天性の勘があった。薪を手鉤で引っかけるのと同じように人間の首に手鉤を打ち込むと、人は簡単に死んだ。

佐吉は殺した。殺し続けた。

そのうちに、どこでどうやって知られたのか、佐吉の殺し技に目をつける者が現れた。そして佐吉に殺しを依頼してきたのである。

佐吉は、ただ殺すより、誰かの頼みを受けて殺す方が金になることを知った。

依頼料と、殺した相手から奪うという二通りの手段で、金を手にすることができるようになったのだ。


佐吉は、籬の向こうのお嬢さんを見つめた。

貯まった金は、もう間もなく身請けの額に達するはずである。

（八巻を殺す……）

おそらくこれが最後の殺しとなるだろう。お嬢さんを身請けすれば、もう人を殺す理由も、金を集める理由もなくなる。

（そうしたら、どっか知らねえ町で、お嬢さんと一緒に暮らそう……）

佐吉は視線を足元に落とした。

踵《きびす》を返すと、吉原大門に向かって歩きだした。

途中で、十二歳ほどの娘が、辻占《つじうら》を売っているのを見た。

「辻占だよぅ。辻占だよぅ」

少女は細い声で訴える。たまたま通りかかった大柄な男に駆け寄った。

「旦那さん、辻占を買っておくれよ」

大柄な男は衿《えり》に〝大工〟の白文字の入った法被《はっぴ》を着ていた。瘦せて小柄な少女の背丈は、大工の腹の辺りまでしか届いていない。

「ええい、うるせぇ！」

江戸っ子の成り損ないは、男伊達というものを履き違えていて、ただ乱暴に振る舞えばいいと勘違いしている。そういう者たちが大勢いた。

そんな考えだから遊女にモテなかったのだろう。しかも相当に酔っている。袖にされた腹立ちまぎれと酔った勢いで、大工は少女を足蹴にした。

「キャッ」

少女は無残に転んだ。転んだ拍子に、辻占の束を、夕立でできた水たまりの中に落としてしまった。

「あッ、あああ……」

少女は絶望の悲鳴を上げた。急いで拾い上げたが間に合わない。辻占はみんな泥にまみれてしまった。これでは売り物にはならない。

大工は「ケッ」と吐き捨てると、後ろも見ずに歩きだした。

佐吉は一部始終を見ていた。辻占売りの少女は絶望のあまり呆然と座り込んでいる。辻占売りには、売り物を手配してくれる親方がいる。売り物を駄目にした少女は、その親方から酷《ひど》い折檻を受けることになるはずだ。佐吉は我が身の経験から、そのことを知っていた。

佐吉は音もなく大工の後を追った。懐から自分の財布を掴み出すと、大工の後ろにそっと投げた。

「もぅし、そこの兄ィ」

大工に向かって声をかける。大工は、「俺を呼んだか」と言って、振り返った。

佐吉は頷《うなず》いた。

「ああ呼んだささ。その財布、兄ィが落としたんじゃねぇのかい」

大工は背後の地面に目を向けて、「おっ」と、声をあげた。

自分の財布でないことは明白だが、それでも自分の物にしてしまえと思ったのに違いない。ニヤリと犬歯を見せて笑った。

「すまねぇな。確かにオイラの財布だ。へへへ……」

佐吉の前に屈み込んで財布に手を伸ばそうとする。大工の太い首筋が佐吉の目の前でヌウッと伸びた。その瞬間、佐吉は頭陀袋から何かを取り出して、その何かの尖《とが》った先端で、大工の盆の窪を突き刺した。

大工はものも言わずにその場にへたり込んだ。

「おい兄ィ、いくらなんでも飲み過ぎだぜ、しっかりしろよ」

佐吉は介抱するようなふりをして、大工の懐に手を忍ばせ、大工の財布を抜き取った。もちろん、自分の財布も拾い上げて懐に戻した。

佐吉も紺色の法被を着ている。傍目《はため》には大工の兄弟弟子のように見える。吉原の客は遊女のことで頭が一杯になっている。酔っぱらった大工と、その弟分に気を留めた者はいなかった。

「しかたねぇなぁ。そこで待っててくれ」

佐吉は大工をその場に置き捨てにして、辻占売りの少女の許に戻った。

「やあ」

佐吉なりに優しく声をかけたつもりではあったのだろう。それでも冷たい声音で、顔つきも無表情だ。

「それを全部、オイラに売ってくれ」

大工の財布から金を抜き取って娘に渡した。代わりに泥水が染みた辻占をごっそりと摑み取った。

娘は、いったい何が起こっているのかが理解できない。

「えっ？　あの、えっ、このお足は……」

「お前《め》ェは、親方ンところに戻って、飯を食わせてもらって、寝ちまうことだ」

ぶっきらぼうにそう言うと、佐吉は大門に向かって再び歩き始めた。辻占は途中の溝《どぶ》に投げ捨てた。

門を出る時、あの四郎兵衛番所の若衆に声をかけられた。

「よぉ。もう仕舞いか。ずいぶんと手際のいい仕事ッぷりだな」

佐吉は陰鬱な顔つきで頷いた。

「あんなのは、ほんの片手間仕事さ……」

四郎兵衛番所の若衆は佐吉を建具職人だと思っている。しかし佐吉が言った仕事とは殺しのことだ。

別の若衆が走ってきた。

「仲ノ町の真ん中で、図体のでけぇ大工が酔い潰れていやがる。番所に運んでくれって、楼主連が煩《うるせ》ぇんだ」

番所の男たちが大工を運ぶために走っていく。佐吉は大門をくぐり抜けた。

二

暁七ッ（午前四時）の鐘が鳴って、さらに半刻（一時間）ほどが過ぎた。空が白んできたようだ。山嵬坊が隠れ住む座敷の障子がぼんやりと明るくなってきた。

今宵こそ八巻を討つと豪語して、浜田は角蔵を従えて出ていった。しかし、帰ってきたのは角蔵だけであった。

山嵬坊は角蔵の報告を聞くなりムッツリと黙り込んでしまった。そのまま、まんじりともせずに夜明けを迎えたのだ。

山嵬坊は大きく息を吐きだした。そして角蔵を座敷に呼んだ。

角蔵はどんなお仕置きを受けるのかと、戦々恐々としながら座敷の前の廊下に膝を揃えた。

しかし角蔵の案に相違して、山嵬坊はサバサバとした顔つきで言った。

「しょせん、浜田さんは剣の人だな。人斬り同心の八巻に剣で立ち向かおうとしたのが無茶だったんだぜ」

八巻は江戸で五指に数えられる剣豪。江戸には将軍家御流儀（剣術指南役）の柳生《やぎゅう》家や小野《おの》家、さらには諸大名に指南役として仕える武芸者連が集まっている。それらの者たちを差し置いて、大きな武名を轟《とどろ》かせているのが八巻であったのだ。

「最初《はな》っから、浪人なんぞに太刀打ちできる相手じゃなかったってことさ」

角蔵は「へい」と答えて首をすくめた。

「まったく、とんでもねぇ手際でごぜぇやした。〝抜く手も見せねぇ〟たぁまさにあのことで」

「それならそれで、こっちにも考えってもんがあらぁな。なにも、八巻の得意な土俵に上がってやるこたぁねぇんだ」

「そこなんですがね……」

「どうした」

「へい。吉兵衛さんが、八巻の腹を探りに行くって言い残して、出て行きやしたぜ」

「ふん。お峰と同じ手口か。八巻の好みや苦手とするものを見つけ出し、その弱みを突こうって魂胆だな」

「そのようで」

「ま、好きにやらせておくとしようぜ」

山鬼坊は莨盆《たばこぼん》から煙管を取り出し、莨を詰めて一服つけた。

角蔵は山鬼坊が思いの外に平静なので、その隙に下がろうと考えた。

「それじゃ、あっしはこれで」

一礼して後ずさりしようとしたところで「待て」と鋭く声をかけられた。

「へへっ」

角蔵は慌てて平伏し直して、上目づかいに山鬼坊の顔色を、チラチラと窺《うかが》った。

山鬼坊は紫煙を長く吐き出した。

「浜田の長屋に行って、俺の金を取り戻してこい。まさか支度金を全部使っちまったってこたぁねぇだろう」

「へ、へいっ」

角蔵は急いでその場を離れた。

三

八丁堀の八巻の屋敷に一人のお店者が訪《おとな》いを入れてきた。

挨拶を受けた銀八は、奥座敷へ向かい、寝ぼけ眼で布団の中にいた卯之吉に来客があったことを告げた。

「この前の夜に、吉原への道で助けてもらったって仰る、吉兵衛さんてぇお人がお見えになってるでげす」

卯之吉は目を擦《こす》りながら答えた。

「座敷に通ってもらって」

銀八は顔をしかめた。

「それはまずいでげすよ。その吉兵衛さんを助けたってぇ八巻サマは、きっと、由利之丞のことでげす」

「ああ、そうか……」

卯之吉はフワァッと大きなあくびをした。

「あくびなんかしている場合じゃねぇでげす。どうしやしょう」

「うん、それならね。あたしは外に出ているって言って、待ってもらって、その間にお前が由利之丞さんを呼んでくればいいよ」

そう言うと自分は布団に潜り込んでしまった。

（まったく人使いの荒い旦那だ）と辟易《へきえき》しながら銀八は、由利之丞の許に走った。

吉兵衛は八巻家の座敷に通された。商人らしくきちんと正座しながら、屋敷内の様子に意識を凝らした。

八巻の屋敷は四方をヤクザ者によって固められている。

（さすがは荒海一家や。手強《てごわ》そうな若衆が揃ぅとる）

吉兵衛に対しても隙のない眼差しを向けてきた。商人の格好を見ても油断はない。

飢《う》えた野良犬のような眼光を向けてきたのだ。

いつでも喧嘩腰のヤクザ者は、世間にとっては迷惑でしかないのだが、こんな場合にはとても頼りになる。吉兵衛にとっては極めて厄介《やっかい》な相手だ。

（でも、マァ、なんや。そんな相手をも誑《たぶら》かすのが、手前の腕の見せ所でおますのや）

などと心の中で嘯《うそぶ》いた。

台所では何者かが茶菓の用意をしているようだ。八巻はまだ独り身だというから、下働きの下女を使っているのだろう。

奥座敷からは微《かす》かな鼾《いびき》が聞こえてくる。

（こんな刻限にいったい誰が寝ているのだろう）と吉兵衛は小首を捻《ひね》った。なにしろもう半刻ほどで昼九ッ（十二時）だ。

病人か、それとも米寿に達した老人か。

なんにしても、八巻を仕留める際の障害にはなりそうにない、などと吉兵衛は判断した。

（そんな病人や年寄り、その気になれば一刺しや）

確かにこの時、吉兵衛は、卯之吉を一刺しにできる好機にあった。だが、その好機に気づくことはなかった。

常識で考えてこんな時間に同心が寝ているはずがない。八巻であれば尚更だ。同心八巻は数多《あまた》の強敵を倒してきた。その剣の腕前は吉兵衛が目にした通りである。そんな剣客が、来客にも気にせず熟睡しているはずがないのだ。

吉兵衛は無意識に、そう決めつけていた。

台所から足音が近づいてきた。障子が開けられて、一人の若侍が入ってきた。吉兵衛は（おやっ）と、瞠目《どうもく》した。

素晴らしい美貌の小姓である。大名家の御殿でも十分に務めることができるであろう。端整に腰を下ろすと、背筋をピンッと伸ばしたまま茶托を無言で置いた。吉兵衛は町人、相手は武士であるから挨拶の言葉はない。吉兵衛が恐縮して拝跪《はいき》する場面だ。

「過分なる御接待、恐縮至極にございまする」

畳に手を突いて低頭しながら、（それにしても妙な話や）と思った。

町奉行所の同心の家に、どうして小姓が仕えているのか。同心の俸禄は三十俵二人扶持《ぶち》。身分は至って低い。小姓などを抱えることはできないはずだ。

小姓は、奥座敷に通じる襖の前に座った。例の㒵の主を背後にかばう格好である。

（いったい、この家は、なんなんや）

謎がありすぎる。吉兵衛は俄《にわ》かに混乱をきたし始めた。

「どういうことだよ」

由利之丞は銀八に背中を押されて、不承不承、走っている。

八丁堀に向かう途中で、卯之吉が借りているという仕舞屋《しもたや》に連れ込まれ、同心らしい黄八丈《きはちじょう》に着替えをさせられた。さらには刀まで差すように言われた。

「また若旦那の身代わりかい。オイラはもう、あんな怖い目に遭《あ》うのは御免だよ」

愛らしい桃色の唇を尖らせた。

銀八は由利之丞の背中を押しながら叫び返した。

「ウチの旦那は、金払いだけは、それはそれは素晴らしい御方でげす！　働きの分の、何倍ものお手当てを弾んでくれるのでげすから」

「それは知ってるよ。でも、命あっての物種だろう」

などと言っているうちに八丁堀に着いてしまった。

そのうえ屋敷の前では、強面《こわもて》のヤクザ者に立ち塞がれた。

「なんでぇ、手前ェは」

凄まじい眼光を由利之丞に向けてくる。懐は、これ見よがしに匕首《あいくち》の形に突っ張らせていた。

昨夜も由利之丞はこの屋敷に来たのであるが、その時はこれほど大勢のヤクザ者がたむろしてはいなかったし、殺気立った顔つきで身元を検《あらた》められることもなかった。

他ならぬ由利之丞が襲われたことで、人数も増やされ、緊張もみなぎっているのである。

　由利之丞は震え上がって、銀八に訊ねた。

「な、なんだって、若旦那のお屋敷に、こんなにたくさん……」

「へい。三右衛門親分のお心遣いで」

　銀八は滑稽《こっけい》な姿で腰をヘコヘコと屈めて、強面の兄ィに卑屈な愛想笑いを向けた。

「こちらは由利之丞さんとおっしゃって、若旦那の影武者を務めて下さるお役者でげす」

「役者ァ？　影武者だと？」

　ヤクザ者は由利之丞の姿を繁々と見た。

　そこへ昨晩の縄次が顔を出した。

「その役者なら心配いらねぇ。五平治《ごへいじ》、通してやりな」

「これも八巻の旦那の秘策ってことかえ。わかった。通りな」

　由利之丞はお化け屋敷に入った子供みたいな物腰で、ヤクザ者の五平治の前を通りすぎた。勝手口に入る。

「まったく物々しいねぇ」

「そりゃあ、悪党が雇った殺し人ってのが、本当に襲ってきたんでげすから」

「この次も狙われるのは、身代わりのオイラってことかい……」

「このお屋敷は、今見たような兄ィたちに守られてるでげすから、ご心配には及びませんでげす」

（ヤクザ者に守ってもらう役者？　それじゃあまるでドサ回りだよ。オイラはこれでも、江戸三座の芝居者だぜ）

由利之丞は情けなさに泣きたくなった。

「さぁ、こっちでげすよ」

銀八が廊下をぐるっと巡って奥の襖を開けた。座敷の中にいる客に向かって声をかけた。

「お待たせいたしたでげす。旦那が市中見廻りから戻って参りやしたでげす」

ぬけぬけと大嘘をつくものだ、と呆《あき》れ返りつつ、由利之丞は銀八が開けてくれた襖を通って座敷に入った。

「おう」

チラリと吉兵衛に目を向けて、尊大に声を放った。

「そなたであったか。過日は大過なく済んで、なによりであったな」

吉兵衛がサッと平伏する。それを横目に由利之丞は、堂々と腰を下ろした。

廊下で見ていた銀八は呆れる思いだ。道中さんざんに愚痴《ぐち》をこぼしたのに、いざ他人の視線に晒《さら》されると嬉々として同心を演じている。見上げた役者根性と言うべきか、それとも単なるお調子者なのか。

吉兵衛は額に汗を滲《にじ》ませながら、愛想笑いを浮かべた顔を何度も上下させつつ、挨拶を寄越してきた。

「八巻様のお陰で無事に命をつないでおります。あッ、申し遅れました。手前は伊勢《いせ》、志摩《しま》で海産の乾物を商っております、志摩屋吉兵衛と申します。このたびは商いの都合で江戸の出店《でだな》に参りまして、年甲斐《がい》もなく吉原見物を、などと浮かれておりましたところ、怪しいご浪人様につけ狙われ……、まさか、かの御仁が辻斬りであったとは」

辻斬りではなかったし、志摩屋吉兵衛を狙ったわけではない——と由利之丞は知っていたのだが、しかし、ここは恩に着せておいたほうが良さそうだ、と判断して、話を合わせた。

「左様。吉原に向かう道筋には、そなたのような商人が懐に大枚を抱えて通っておる。辻斬りどもはそれと知って、群れ集まってくる有り様でな」

由利之丞はいったん言葉を切って、肩をそびやかせた。

「この八巻が骨折りをして、群がり来たる辻斬りどもを数多《あまた》討ち果たしてまいったのだが……。いやはや、『世に悪党の種は尽きまじ』とはよくぞ申したもの。次から次へと悪党どもめが現れ来たって、さすがの八巻も、席の暖まる暇とてないわ」

堂々とのたまうと、腰の扇子をちょっと開いて、胸元など扇《あお》ぐ仕種をした。涼やかな視線は庭の方へと向けている。辻斬り退治など涼しい顔の片手間仕事だと言わんばかりだ。全くもって畏《おそ》れいったる切れ者同心の姿であった。

美鈴が小さく咳をした。「あまり調子に乗るな」と言いたかったのだろうが、同心役に酔いしれている由利之丞に通じた気配はない。

吉兵衛は恐縮を装って顔を伏せながら、額に浮いた脂汗を懐紙で拭った。

（このわしが、こんなに汗をかいとる……）

内心、臍《ほぞ》を噛む思いだ。

吉兵衛は商人ではない。殺し人だ。役人の前に出たからといって冷や汗などはかかない。ましてその役人が、殺しの的として狙う相手なら尚更だ。

（このわしが、八巻に臆《おく》しとる、言うんか）

天衣無縫《てんいむほう》、傲岸不遜《ごうがんふそん》な八巻の態度に完全に呑まれてしまっている。そんな自分を意識して、吉兵衛は拳を震わせた。

「どうした？」

八巻が声をかけてきた。

「震えておるのか？」

吉兵衛は愛想笑いを取り繕った。

「はい……。手前のような田舎者が、お江戸でたいそうご評判の八巻様の前に罷《まか》り出たのでございます。身の震えが止まりませぬ」

「はっはっは！　この八巻、鬼ではないぞ。取って食ったりはいたさぬゆえ、もそっと楽にいたすがよい」

八巻は白い歯を見せて高笑いをした。その余裕がますます癪《しゃく》に触る。

（まだ股の毛も生え揃っていないような若造のクセして、人を舐《な》めくさった物言いをするもんや）

こんな相手とはいつまでも関わっていたくはない。とっとと用件を済ませるに限る。その用件とは吉兵衛の場合、八巻を殺すことなのだが。

吉兵衛は傍《かたわ》らに携えてきた菓子折りを、膝の前にそろえた。

「どうぞ、お納めいただきたく存じあげます。手前からの、ほんのお礼の品でございます」

「えっ」

同心八巻が目を丸くさせて、菓子折りを見つめた。

「それって、もしや……」

吉兵衛は、卯之吉の物腰の変わりように、少々面食らわされた。

(なんやこの餓鬼。急に物欲しそうになりおったわ)

大物同心の悠揚《ゆうよう》迫らぬ態度が雲散霧消し、金に意地汚い、下品な素顔が丸出しになった——かのように見えた。

(どういうことや。噂とはまるで違うで)

噂では、同心八巻は町人からの賂《まいない》などには目もくれない清廉潔白な人士だ——ということになっている。三国屋という後ろ楯《だて》がついているから、十両や二十両の金で八巻の歓心を買ったり、目溢《めこぼ》しを願うことは叶《かな》わない、とされていた。

(噂とは、あてにならんもんやな)

八巻の弱点は金に汚いことだ、と吉兵衛は看破した。この弱点を突けば、必ずや八巻の命を取れる。
（まずは金で、八巻の魂を蕩《とろ》けさせてしまうことや）
大金を用意せねばならないだろうが、その金は、殺したあとで取り返せばい
い。それにである。〝八巻を討ち取った殺し人〟という金看板を手に入れれば、
依頼料が百両、二百両の大仕事が次々と舞い込んでくる。帳尻は合う。
吉兵衛はますます笑み崩れて、菓子折りをズイッと、八巻の膝元に滑らせた。
「どうぞ、お納めを」
八巻は挙動不審な態度と顔つきで、視線をあちこちに走らせた。なにやら、嘘
がバレないかと心配している悪童のような姿だ。
「そ、そうかい？　まぁ、なんだ、オイラ――拙者のお陰で命を長らえたのだも
のな。そのくらいの物を頂戴しても罰は当たらないだろうし……」
などと呟《つぶや》いている。
町方役人は町人からの進物を受け取り慣れているし、子供の頃から祖父や父が
賂を受け取る姿を見て育つ。それが悪いことだとはまったく思っていないから、
悪びれた様子もなく金を受け取る。
（役人ってのはそういうもんやのに、なんなんや、この餓鬼）

吉兵衛はまたしても混乱し始めた。

いったんは金の力で八巻の上に立ったような気がしたのに、またそれも怪しくなってきた。

八巻が腕を伸ばしてくる。いずれにしても、金で八巻の心を捕らえることができそうだ。

と、思ったその時、

「お待ちなさい！」

例の小姓が叫んだ。八巻と吉兵衛は、ギョッとして小姓に目を向けた。

居丈高《いたけだか》に怒鳴りつけられたので、吉兵衛は自分が叱られたのだと理解した。まさか屋敷の主である八巻を叱り飛ばしたりはしないだろう。同心の上役の与力であっても、同心の屋敷で同心を怒鳴りつけたりはしない。武家の屋敷は城と同じであるから主に対しては遠慮がある。

その小姓はなにゆえか、とんでもなく憤慨している様子であった。

「町人よりの賂など受け取れぬ！　持ち帰るがよい！」

ズイッ、ズイッと袴《はかま》を滑らせてやって来て、菓子折りを摑《つか》むと、吉兵衛の懐に押しつけた。

「我が主は、町人たちからの付け届けは受け取らぬ。常に清廉潔白、それが八巻家の流儀なのだ」

小姓はそう言ったが、八巻は菓子折りへの執着を隠そうともせず、「あっ、あっ」などと呻《うめ》いている。小姓を引き止めたいのだが、そうもならない、と言うような態度と顔つきだ。

吉兵衛は（ははぁ……）と納得した。同心八巻が町人からの賂を受け取らないのは、この小姓が断っているからなのだろう。

（八巻本人は金に執着しとる、いうことや）

吉兵衛は、ますます籠絡《ろうらく》しやすくなったと思ってほくそ笑み、八巻に向かって愛想笑いを向けた。

「しかし八巻様。手前が持って帰るのも手間でございますので、こちらのお小姓様はこう仰っていますが、どうぞ、お受け取りを」

「ならぬ！」

美鈴が凛《りん》と声を放った。それればかりか凄まじい気合まで放ってきた。武芸の世界で言うところの〝気当て〟であった。

吉兵衛は思わず腰を抜かしそうになっている。

（なんや、この小姓！　ドえらい殺気や！）

殺し人として場数を踏み、数多くの強敵を仕留めてきた吉兵衛は、相手の力量を読み取る能力に長《た》けている。

（八巻は得体が知れない、付き人の小姓は武芸の強者《つわもの》。いったいなんやねん、この家は）

これまで多くの大悪党たちが八巻に挑んで敗れ去っていった。まさか、と思うような大物までもが易々と捕縛されていったのだ。

（たしかにこいつら、一筋縄ではいかん相手や）

わけのわからないことが多すぎる。

仕方がない、一旦退こう、と居住まいを正した。

「それでは、持ち帰りまするが……。八巻様、命を救っていただいた御礼は、百両や二百両の金ではお返しできませぬ。五百両でも千両でも、ご用立ていたす所存にございます。なにとぞお含みおきくださいますよう」

大枚の賂を渡すつもりだよ、と匂わせながら、吉兵衛は平伏した。

八巻も吉兵衛の言いたいことは察した様子で、ゴクリと生唾を飲むと、何度も大きく頷いた。

「それでは、御免下さいませ。今後とも志摩屋吉兵衛を、どうぞ、お引き立てくださいますようお願い申し上げます」

吉兵衛は深々と平伏して、八巻の前から下がった。

荒海一家の縄次が吉兵衛を見送った。大事な旦那の客であるし、裕福そうな商人なので、丁寧《ていねい》に腰を屈めて太い声で、「また、おいでくだせぇやし」と叫んで送り出した。

屋敷内に戻ろうとすると、廊下の陰から顔を出した寝間着姿の卯之吉に手招きされた。

縄次は「えっ」と思った。今まで接客していたはずの卯之吉がどうして寝間着姿で出てくるのか。

その疑問はさておき、呼ばれたので小走りに駆け寄った。

「お呼びにございやすか」

「うん。縄次さんね、ちょいと面倒だけど今のお人を追《つ》けておくれじゃないか」

「……後を追えってことで？」

「そうさ。どこにお店を構えているのか、それを見届けてきて欲しいんだよ」

卯之吉は寝間着姿なのに何故か懐から財布を出して、一朱ほど握らせた。

「へい。任せといておくんなさい」

縄次は吉兵衛を追って走り出した。

四

「酷いじゃないか！」

由利之丞は目に涙を浮かべて美鈴に詰め寄った。

「なにがだ」

「なにがって……、あの旦那の命を救ったのはオイラだよ？　オイラが命懸けで走り回って、旦那を殺し人から救ったってのに、どうしてその礼金を、あんたが断っちまうのさ！　そんなの筋が通らないよ！」

「あの商人は、お前を旦那様だと思い込んでいたのだ。旦那様の評判を落とすような真似は、断じて許さぬ」

「許さなかったら、どうだってのさ！　オイラを斬るってかい！　おもしれぇや、やって貰おうじゃないか！」

「なんだと」

「だいたい、二言目には『旦那様、旦那様』って、どれだけ若旦那の御身が大切か知らないけどね、その若旦那からは女として見てもらえてないじゃないか！」

美鈴は絶句した。美貌からサーッと血の気が引き、続いて真っ赤に紅潮した。

「斬るッ！」

腰の刀に手をかける。そのとき卯之吉が姿を現さなかったら、本当に由利之丞を斬っていたかもしれない。

「まあ、喧嘩はおよしなさいよ」

卯之吉は寝間着姿のまま、トロンとした口調でそう言うと、吉兵衛をも威伏させた美鈴の殺気をものともせずに割って入ってきた。

途端に美鈴は円《つぶ》らな双眸《そうぼう》からホロホロと、涙の滴をこぼし始めた。

「旦那様、この者が……」

声を震わせながら由利之丞を指差す。

「わたくしに、酷い悪罵《あくば》を……」

「なんですね」

「わたくしが、旦那様から、女として見られていない、などと……」

心当たりがありすぎるだけに、美鈴の心を深くえぐったのであろう。

卯之吉という男は人を粗略には扱わない。涙まじりに訴えられたら尚更だ。

「そんなことはありませんよ」と、本心なのか、口先ばかりのお為ごかしなのか、優しい言葉を美鈴にかけた。

美鈴は「うわぁん」と声を上げながら、卯之吉の胸に飛び込んだ。卯之吉は困った顔で突っ立っている。

由利之丞は、「なんだい、この変わり身は」と、小さな声で悪罵を吐きつけて、そっぽを向いた。

「それじゃあ、オイラは帰らせてもらうよ」

由利之丞は卯之吉に言った。

「ああ、手間をかけてしまったねぇ」

「うん。ま、いいってこと」

普段の由利之丞なら、必ず恩きせがましいことを口にして、次の芝居興行の金主になってくれだの、衣装を買ってくれだのとねだるのだが、この時ばかりは何も言わずに屋敷を出た。

(若旦那はいつでも金を弾んでくれるけどね。志摩屋の吉兵衛さんから礼金をせしめることができるのは今だけだからね)

吉兵衛は由利之丞を八巻だと信じ込んでいるのだ。

（せいぜい、たかって、金を絞り出させてやろうじゃないか）

町人にたかる行為はどこの同心だって、みんなやっている。八巻サマだけがやってはならないという法度《はっと》はない。

（吉兵衛旦那の命を救ったのはオイラなんだからさ）

道義に反することは何もないと由利之丞は思った。

五

「銀八〜」

卯之吉は腹を苦しそうに摩《さす》りながら呼んだ。

「へい」と顔を出した銀八がヒョットコみたいな顔をして驚いた。

「わっ、若旦那……！　どうしなすったでげすか。お腹の具合でも悪いんでげすか」

卯之吉は脇息にもたれて腹を突き出して喘《あえ》いでいる。

「違うよ。食べすぎたんだよ」と答えた。

「食べ過ぎ？　若旦那がそこまで箸を進めるなんて珍しい」

酒はいくらでも嗜《たしな》むが、食は細い卯之吉だ。

「美鈴様がねぇ……。たくさん食べてさしあげないと機嫌が直らないものだから
ねぇ……」

「はぁ。美鈴様はご自身が、並の男衆の倍はお食べになるお人でげすからね、良
い加減というものがわからないのでげしょう」

「そんなことより銀八、ちょっと使いを頼まれておくれよ」

「へい。どこへなりと」

「うん、じゃあ、これを持ってね、三国屋まで走ってもらいたいんだ」

卯之吉は文机《ふづくえ》の上の手紙を銀八に差し出した。

一刻（二時間）もしないうちに、三国屋から町駕籠《かご》が走ってきた。八巻家の屋
敷の前に着くやいなや、良く肥えた徳右衛門《とくえもん》が転がるようにして出てきた。
「ああ！　ここが八巻様のお屋敷！」
同心の組屋敷を見て、目に涙を浮かべさせた。
「なんというご立派なお屋敷だろう……。こんなお屋敷からお呼びがかかるなん
て、三国屋徳右衛門、一世一代の誉にございますよ……」

ヨヨヨヨ……と忍び泣きをして、涙を袖で拭った。

駕籠かきたちは呆れ顔でその様子を見ている。町奉行所の同心は、扶持米三十俵二人扶持の薄給で、屋敷は塀で囲うことも許されないので生け垣を巡らせ、門もなく片開きの扉。玄関もないので出入りは上がり框《かまち》か縁側からという、いたって貧相な造りであったのだ。

三国屋の主ともなれば、南北の町奉行所にも出入りを許されているし、諸大名の屋敷や、禄高が何千石もある大身旗本の屋敷にも出入りしている。大名や旗本の権威など屁とも思わぬ傲岸不遜で知られた徳右衛門だ。どんな立派な屋敷を見てもなんとも思わないはずなのに、なにゆえこうまでして、たかが三十俵二人扶持の同心屋敷を有り難がらねばならないのか。

人目もある。駕籠かきたちは訝しそうに見ている。銀八は徳右衛門を急《せ》かして屋敷の中に案内した。

「さぁ、お入りください」

と言ったところで徳右衛門が足を止め、いきなり、油断のならない眼光に戻った。

「なんですね。あのお人たちは」

庭や框の前を徘徊しているヤクザ者たちに目を向けた。

「へい。若旦那の手下として働いている、荒海一家の若衆さんたちでげす。顔つきはおっかねぇでげすが、みなさん、若旦那に心を寄せていなさるんで、如才はございやせん」

「ああ！　そうかい。それは頼もしい」

徳右衛門は饅頭《まんじゆう》を頬張った恵比寿様みたいな顔になって、歩み寄っていった。

荒海一家の者たちが銀八に質《ただ》す。

「こちらの旦那は、どちらの旦那さんですね？」

銀八は幇間《ほうかん》の物腰で答えた。

「エー、日本橋は室町にお店をお構えになっていらっしゃる、日《ひ》ノ本《もと》一の大商人、三国屋の旦那の――」

「三国屋さんですかえ！」

銀八の紹介が終わるのを待たずに若衆たちは低頭した。

徳右衛門は福々しい笑みを浮かべて頷いた。

「はい。手前が三国屋徳右衛門でございますよ」

本来なら、札差兼両替商の主人がヤクザ者などに声をかけるものではない。しかしそこは徳右衛門、卯之吉を溺愛《できあい》している男だ。卯之吉のために働いている者なら誰に対しても愛想が良い。

「お役目ご苦労だね。さぁ、わたしからも小遣いをあげよう。皆で精を出して、八巻様のために働いてくださいよ」

徳右衛門が手提げ袋の中に手を突っ込んで、財布をまさぐり始めた。若衆たちは一斉に喜色を現した。

三国屋といえば日の本一の豪商。金蔵には何万両もの小判が納まっているという噂だ。

「へへっ、ありがてぇ。せいぜい気を入れて働かせていただきやす」

と、両手を揃えて差し出した男たちの手のひらに、徳右衛門は一文銭を二、三枚ずつ、チャランチャランと置いていった。

若衆たちは唖然呆然として声もない。これしきの銭では駄菓子しか買えない。小僧の使いではないのだ。いくらなんでも吝嗇《りんしょく》にすぎる。

若衆たちは三国屋徳右衛門に関するもう一つの噂、〝日ノ本一のケチん坊〟を思い出し、かつ、思い知らされてしまった。

徳右衛門は「それじゃあ頼んだよ」と声をかけると、上がり框の前で、

「お呼びによって参上いたしました。三国屋の主、徳右衛門にございまする。頼みましょう」

と、甲高い声を張り上げた。

徳右衛門は卯之吉の座敷に通された。例によって凄まじいまでの感激ぶりを示して、どんな事態にも動じないはずの卯之吉を辟易とさせた。

一通りの騒ぎが終わったあとで徳右衛門は、居住まいを正して、三国屋から銀八に持たせてきた風呂敷包みを取り出した。

「これが、伊勢、志摩、両国の水産、並びに乾物商いの、株仲間の写しにございまする」

糸でとじられた帳面を差し出してきた。

「八巻様、どうぞ、お検めくださいませ」

「はい。お手数をおかけしました」

卯之吉は帳面を引き寄せてパラパラと捲《めく》った。

卯之吉はこれが見たかったのだ。とはいえ今、自分が出歩けば、荒海一家の者たちに自分が三国屋の若旦那だという事実を知られてしまう。

あるいは、三国屋の者たちに、自分が同心に転身したのだと知られてしまう。だから、わざわざ徳右衛門にご足労を願ったのだ。

卯之吉が読み終えるのも待たずに、徳右衛門が得々と語りだした。

「伊勢、志摩の乾物問屋に、志摩屋という屋号を持つ店は五つ、ございます」

江戸で商売をするには、まず、株というものを入手しなければならない。株を持たない者は看板をあげることが許されない。

株は、同じ業種の商人たちが〝仲間〟という組織を構成して管理している。株を入手するには仲間の商人たちから承認を得なければならない。「商道徳に反することはしない、手堅い商人だ」という信用を得て、初めて株を与えられ、商売を始めることができるのだった。

三国屋は商人相手にも金を貸す。貸すからには相手の信用度も調べなければならない。だから株仲間の名簿などを所持しているわけだが、「伊勢、志摩の乾物問屋」と言われてすぐに名簿が出てくるのは、江戸一番の高利貸しでもある三国屋ならではのことであろう。

しかも徳右衛門は、株仲間のおおよその人物を諳《そら》んじているらしい。

「確かに、吉兵衛というお人が主を務める志摩屋がございます」

「その吉兵衛さんって、お幾つぐらいの人ですかね」

「確か、もう六十を超えたかと」

「すると、あのお人ではないですね」

吉兵衛は四十ぐらいに見えた。もちろん、見た目が若い者もいるが、それでも六十を四十に見間違えることはあるまい。

「ははぁ……」

卯之吉は納得した。

（あのお人は、殺し人そのものか、さもなくば、その手下だったんですねぇ）

こんな言葉を口に出したら徳右衛門が驚愕《きょうがく》し、どんな狂態を示すかわからないから、心の中で呟いた。しかも、含み笑いまでしている。

「なにか、ございましたか」

徳右衛門が訝しげに訊ねてきた。

「ええとですね。志摩屋吉兵衛を名乗る贋《にせ》商人がね、あたしの屋敷を訪ねてきたのですよ」

「ははぁ、詐欺師の類でございますか」

卯之吉がニヤニヤしているものだから、徳右衛門はそれほどの大事とは思わなかったようだ。屋敷に殺し人が来た、などとは予想もできなかったのだ。

「八巻様をたばかろうとは、とんでもない悪党がいたものです」

「いや、まったくですよ」

「それにしても」

徳右衛門は両目を爛々《らんらん》と輝かせた。

流石《さすが》は八巻様！　よくぞ贋者と見抜かれたものでございますな！」

「ええ、そりゃあまぁ、あたしだって――」

商家の出ですから、商人の見分けぐらいはできます。と言おうとしたら、廊下に控えていた銀八が、

「さいでがすよッ！　南町の八巻様は天下一の同心様！　いかなる悪事もその眼力からは逃れられないってんだから驚きだねぇ。すごいねぇ、憎いねぇ、たまらないねぇ」

などと例によって調子外れのヨイショを始めて、徳右衛門が釣られて大喜びするものだから収拾がつかなくなった。二人揃って「すごいすごい」と手放しの褒めようだ。

あの時——。卯之吉は途中から目を覚まして、襖の隙間から由利之丞と吉兵衛の遣り取りを見守っていたのだ。

最初は、由利之丞の芝居が面白いと思って眺めていた。しかし、次第になにやら、妙な違和感を覚え始めたのだ。

確かに吉兵衛はよく化けていた、卯之吉もそう思う。しかし、やはり本物の商家に生まれ育った人間の目は誤魔化せない。

贋坊主や贋山伏《やまぶし》は、僧侶や山伏の装束を身に着けさえすれば、素人の目を誤魔化すことはできるかもしれない。しかし本物の僧侶や山伏が見ればすぐに贋者だとわかる。それと同じで商家に生まれた卯之吉は、吉兵衛は商人ではなく、商人に化けているのだと気づいたのだ。

（まず、運指《うんし》が、おかしかったですね）

商人は毎日毎日、算盤《そろばん》を弾きながら生活している。算盤は半ば無意識に弾くものであるから、ふとした拍子に指の運びが、算盤を弾く時の動きになってしまう。また、当時の算盤は珠が重いので、どうしても片手の指だけが太くなる。時には変形までしていることもあった。

（あの吉兵衛さんは、算盤なんか、ろくろく弾けないのに違いないですね）

卯之吉はそう見抜いた。

（もっとも、あたしが本物の同心様だったら、きっと、騙《だま》されていたでしょうけどねぇ）

などと、本物の同心なのにその自覚がまったくない卯之吉は、ほんのりと笑った。

（それに、あの殺し人の浪人様に追われていたってのも、変な話ですしねぇ）

殺し人は八巻を狙って吉原近くで待ち構えていたのであろう。

吉原における〝八巻〟は由利之丞であるから、由利之丞の顔を見て、襲いかかってきたことは理解できる。

（だけど、その前を商人が走って逃げてきたってのが、どうにも変ですよね）

由利之丞を見つけて隠れ場所から飛び出してきた浪人を見て、自分を狙う辻斬りだと誤解した、ということはありうる。

（でも、殺し人の一味だと考えることもできるわけですからねぇ）

二段構えで八巻を狙う策だとすれば、命を助けてもらった恩を言い立てながら近づいてくることが容易に推察できたのだ。

（ま、お顔を見覚えましたから、むざむざと手にかかることもないでしょう）

いくらあたしだってそこまで阿呆《あほう》じゃない、と思って、卯之吉は微笑した。

そこへ、荒海一家の縄次が戻ってきた。額に汗をかいている。顔色も冴えない。

縄次は廊下で平伏した。

「面目次第もございやせん！　撒《ま》かれちまいやした！」

「ほう、そうかぇ。それは残念だったたねぇ」

卯之吉は別段、怒りも失望もしなかった。

（これでいよいよあのお人が、悪党の変装だったとわかったね。志摩屋なんてお店は、どこにもないのに違いないね）

その確信を得られただけでも十分だ。

しかし縄次はそうは思っていない。

「こいつぁ受け取れやせん。あっしの小指をつけてお返ししなくちゃならねぇ」

貰った一朱を返そうとした。小指はしくじりの償《つぐな》いに詰めようというのだろう。

「いいから取っておきなよ」

卯之吉はそう言って受け取らなかった。

「まだまだやって貰わなくちゃならないことがあるのさ。その仕事に一朱の金と小指が要りようだろうから、おかしなことを考えるんじゃないよ」

縄次に釘を刺すと、視線を庭に向けた。

（どうせ吉兵衛さんは、この屋敷に戻ってくるんだからねぇ）

卯之吉を狙う殺し人であるのなら、必ずここへやってくる。

と思ったところで「ハッ」とした。

（吉兵衛さんは、由利之丞さんを、あたしだと思っているんじゃないか）

吉兵衛がつけ狙うとしたら由利之丞だ。卯之吉は滅多にないことに、焦燥感《しょうそう》を募らせ始めた。

そんな卯之吉の姿を、徳右衛門と銀八が不思議そうに見つめている。

第四章　夜　襲

一

由利之丞は向嶋《むこうじま》にやって来た。

浅草や吉原とは、大川を挟んだ対岸にあって、堤には桜が多く植えられていた。この桜は八代将軍吉宗が、町人の遊興の場となるようにと願いを込めて植えたもので、春先には多くの花見客で賑わっていた。

しかし、それ以外の季節には人出も少ない在郷だ。広大な農地の中に大名家の抱え屋敷（上屋敷や下屋敷などの他に、大名家が私的に借用している屋敷）や豪商の寮（別宅）がちらほらと散見されるばかりであった。

この地は元々は江戸ですらなかった。江戸市中に編入された後も勘定奉行所の代官や、関東郡代の伊奈《いな》家によって統治されていた。だから町奉行所の取締りが比較的に緩い。

今の江戸は切放《きりはなち》の罪人の詮議《せんぎ》で大騒動になっている。無宿人や浪人者にとっては大きな脅威だ。叩《たた》けば埃《ほこり》が出る者たちは、慌てて江戸を離れ、近郊に身を隠した。

水谷弥五郎もまた向嶋に身をひそめていたのだ。由利之丞は弥五郎に会うために、向嶋までやって来たのであった。

「弥五さん、いるかい」

由利之丞は、とある農家の物置小屋を覗《のぞ》きこんだ。農具の重ねられた中に莚《むしろ》が敷きのべてある。そこが弥五郎の寝床なのであろうが、弥五郎本人は見当たらなかった。

農家の裏手から、パカン、パカンと、薪を割る音が響いてくる。百姓の手による薪割りにしては威勢のよすぎる音だ。由利之丞は裏庭へと回った。

案の定、諸肌《もろはだ》脱ぎの弥五郎が逞《たくま》しい筋肉を漲《みなぎ》らせつつ、鉞《まさかり》を勢い良く振り下ろしていた。炎天下である。気温は高い。赤銅色《しゃくどういろ》に焼けた弥五郎の肌は汗でヌラヌラと照り輝いていた。

「弥五さん」

由利之丞が声をかけると、弥五郎は油断のない物腰で振り返り、険しい目つきを向けてきた。

ところが由利之丞だと気づいた途端に、蕩《とろ》けるような笑顔に変わる。

「おう！　由利之丞ではないか！　なんじゃ、わしが恋しくて会いに来てくれたのか」

逞しい筋肉もどこへやら、フニャフニャのコンニャクのような顔つきになった。

「弥五さん、ちょっと手伝ってほしいことがあるんだよ」

まずは水でも被らせて、この汗臭い身体をどうにかしないといけない、と考えながら由利之丞はそう言った。

由利之丞と水谷弥五郎は墨堤《ぼくてい》に沿って南へ歩いた。

「つまりお主は、その、志摩屋吉兵衛なる者を見つけ出し、礼金をせしめようと考えておる、ということか」

「そういうことさ」

「しかし、志摩屋吉兵衛という名前だけで、この広い江戸の中から見つけ出すことができるのか」

由利之丞は形の良い鼻筋を得意気に上向かせた。

「なぁに、こっちはそういう話には慣れているのさ。きっと見つけ出してみせるよ」

陰間茶屋にも、さんざんツケを溜め込んだ挙げ句に行方をくらませてしまう客がいた。それらの者を見つけ出して金を吐き出させるのも陰間たちの仕事のうちだ。

「伊勢、志摩の乾物屋だからね。どこでもいい、乾物屋の大店《おおだな》に入って訊ねれば、すぐに当りがつくさ」

弥五郎は「ふぅむ」と唸《うな》って、乗り気ではなさそうな表情を浮かべた。

「なにやら良心が咎《とが》めてならぬが……」

煮え切らない口調でそう言う。

「なにがだい」

「なにが、と申して……。要するにお前は、我こそは同心の八巻であるとたばかって、その志摩屋なる者から大枚をせしめようという魂胆ではないか」

水谷弥五郎男一匹、浪々の身とはいえ武士である。悪事に加担することは武士の矜持《きょうじ》が許さない。

由利之丞は唇を尖《とが》らせて弥五郎を見上げた。

「悪事なんかじゃないよ。だって、志摩屋の旦那さんを命懸けで助けたのはオイラだよ？　あっちが勝手にオイラのことを八巻サマだと勘違いしているだけの話さ。『命を救ってくれたお礼に』って、持ってきた金をオイラが受け取って、なにが悪いって言うんだい」

「むぅ……。確かにそれも道理ではあるが……」

由利之丞は煮え切らない弥五郎の態度に怒った――ふりをした。

「なんだい！　それならいいよ！　もう、弥五さんなんか頼りにしないから！」

袖を振りながら足早に進む。

それを見た弥五郎の眉《まゆ》が八の字に下がった。

「ああ、待て！　待つのだ。誰も力を貸さぬとは申しておらぬのに……！」

急いで由利之丞の後を追う。

「ところでお前自身は大丈夫なのか。江戸中を役人が走り回っておるが」

「オイラたち芝居者は、二丁町《にちょうまち》にいる限り大丈夫だよ」

江戸三座の芝居者たちは町奉行所の命で二丁町に住居《すまい》を定められている。自由に転居できない、ということだが、それならば役人たちも同じことだ。組屋敷を与えられていて、勝手に引っ越しをすることはできない。

江戸三座は官許を得た者たちであるから、幕府から公人として庇護《ひご》されている、と言えないこともなかったのである。

「なるほど、しかし、わしは浪人、役人に見咎められては、ちと拙《まず》いなぁ……」

まだブツブツと呟《つぶや》いている。由利之丞は呆《あき》れた。

「オイラも弥五さんも『八巻サマの手下でござい』と言えばいいんだ。他のお役人様たちは手が出せないよ。大丈夫だって」

「まぁ、左様であろうかな……」

いつまでも消極的な弥五郎を引っ張るようにして由利之丞は歩み続けた。その姿を半町（約五十メートル）ほど向こうから、目敏《めざと》く見つけた者がいた。

（八巻だ！）

向こう傷ノ角蔵は、慌てて草むらの中に身を隠した。

(間違いねぇ、ヤツだ！　手下の浪人も引き連れていやがる！)

八巻だけでも脅威だというのに、浜田と互角に渡り合った浪人剣客まで従えている。

(これじゃあ、迂闊《うかつ》に手出しできねぇ)

草むらから目だけを出して様子を窺《うかが》う。いったい二人はどこから来て、どこへ行こうとしているのか。

角蔵はハッとした。

(まさか、八巻の野郎め、山嵬坊親分の隠れ家に当りをつけやがったんじゃねぇだろうな)

山嵬坊の隠れ家は向嶋にあった。水谷弥五郎と同様に、切放の取締りを嫌って郊外へ逃れてきたのだ。

角蔵は完全に怖《お》じ気《け》づいてしまった。噂に名高い八巻の千里眼。悪党のどんな企《たくら》みもけっして見逃さないという眼力を、まざまざと見せつけられた思いであったのだ。

「ムッ……！」

突然、水谷弥五郎が足を止めた。険しく引き締まった目つきで、彼方の野原を睨《にら》みつけた。

「どうしたんだい？」

由利之丞も足を止めて、弥五郎が見ているほうに視線を向ける。

「なにかいるのかい？」

弥五郎は答えない。緊迫感だけが伝わってくる。由利之丞も気合を入れて目を凝らしたが、やはり、何も見て取ることはできなかった。

（気取られた！）

角蔵は地べたに身を伏せた。

浪人と八巻が、相次いでこちらを睨みつけてきた。どうやら気配に気づかれてしまったようだ。角蔵は臍《ほぞ》を噛んだ。

まったく身動きできない。八巻と浪人がこちらに駆けつけてきたらそれで最後だ。角蔵の総身に冷や汗が滲《にじ》んだ。

「気のせいか」

弥五郎は息を吐いた。

「なんだい？　野良犬でもいたのかい」

「さぁてな。まぁ、気にすることもあるまい」

弥五郎は、八巻に殺し人が差し向けられていることを知らない。そして愛する由利之丞が、その八巻だと勘違いされていることも知らなかった。由利之丞が面倒な説明を省いたからだ。

由利之丞は、弥五郎を用心棒にしようと考えていたわけだが、自分が狙われていることを告げると、せめてもの礼金を払わねば義理が悪いなどの問題が出ると思って、内緒にしておくことに決めていたのである。

この問題を知っていれば水谷弥五郎は、草の根を分けてでも、怪しい気配の正体を暴いたであろう。しかし弥五郎は黙殺した。

「さっさと志摩屋吉兵衛なる者を見つけ出すとしよう」

今日も暑い。弥五郎のように強靱《きょうじん》な男であっても炎天下を歩き回るのは辛い。

二人は対岸の江戸市中に渡るため、吾妻橋《あずまばし》へと向かった。

「なにッ、八巻がうろついていやがっただとッ」

山嵬坊が激怒して声を荒らげた。角蔵は「ヘイッ」と答えて低頭し、額を廊下にこすりつけた。

「どうやら……、この隠れ家のことを嗅《か》ぎつけやがったようなんで……」

山嵬坊は憤然として腰を据え直した。

「さすがは噂の八巻サマってことかい。しかし、いってぇ、どこでどうやって、当りをつけてきやがったんだ」

隠れ家のことは一部の手下にしか教えていない。それらの者どもが捕まって調べを受け、自白をさせられたという話は聞いていない。

「くそう。こっちの尻にまで火が回ってきやがったみてぇだな」

今までは寛永寺という大きな後ろ楯《だて》があった。町奉行所の役人は寺社の門前町には手を出せないし、寺社を管理する寺社奉行所といえども寛永寺には遠慮がある。それを良いことに悪行三昧《あっこうざんまい》を重ねてきた山嵬坊であったのだが、

（八巻の後ろ楯は老中の本多出雲守《ほんだいずものかみ》だ。こいつぁちっとばかし手強《てごわ》いぜ）

老中であれば、寛永寺の貫主《かんじゅ》（住職）とも渡り合える。それがわかっているから、こんな田舎に逃げてきたのに、

「八巻め！　どこまでもしつけぇ野郎だ！」

焦《あせ》ってはいけない、焦れば八巻の術中に嵌《は》まるばかりだ、それはわかっているのだが、どうにも焦燥《しょうそう》を押さえきれない。

(まるで炭火でジリジリと炙《あぶ》られているももんじいにでもなったような気分だぜ)

肉食も辞さない破戒僧の山嵬坊は、好物のももんじい(獣肉)に我が身をなぞらえた。

こうなったら八巻の手が伸びてくる前に、八巻を仕留めるより他に手はない。

「吉兵衛はどうしてる? 佐吉の野郎は」

「へ、へい」

「へい、じゃねぇ! ヤツらに繋《つな》ぎをつけて、一刻も早く八巻を仕留めるように言え! 期限は二日だ! この二日中に八巻を仕留めることができたら、仕事料は倍に増やすと伝えろ!」

「へいッ」

山嵬坊の焦りと恐怖は角蔵も共有している。角蔵は転がるように座敷を出た。

二

由利之丞は乾物屋を何軒か廻って聞き込みをした。

「南町の八巻様の御用を預かっている」と言っただけで、店の主人や番頭が膝行《しっこう》して丁寧《ていねい》な挨拶を寄越してきたから、話は簡単に進んだ。

かくして志摩屋吉兵衛を見つけだし、伊勢町堀（西堀留川）の塩河岸にある志摩屋の暖簾《のれん》をくぐったのだ。

伊勢町堀は江戸橋から北へ向かって伸びている。日本橋にもほど近く、河岸に沿って江戸の草分けの大店がいくつも軒を並べていた。

伊勢町堀の米河岸には米屋の蔵が並んでいる。一方の塩河岸には乾物屋が多い。鰹《かつお》や昆布、乾物の問屋が連なっていて、ぷんと良い匂いが漂っていた。

由利之丞はこの店では堂々と、「南町同心、八巻卯之吉である」と名乗りを上げた。

昨今評判の辣腕《らつわん》同心が訪ねてきたと知って、番頭は慌てふためいて挨拶し、手代は転がるように奥に入って主を呼びに向かった。やがて奥から、腰の曲がった白髪頭の老人が、家の中でも杖をつきながら、帳場に出てきた。

手代に助けられつつ腰を下ろし、両膝を揃えて低頭した。

「手前が志摩屋吉兵衛にございまする」

由利之丞は啞然とした。

「オイラが探している、志摩屋吉兵衛さんはあんたじゃねぇや。四十ばかりの、血色の良いお人だぜ」

吉兵衛翁は、身体は衰えていたけれども、耳と頭は衰えていないようで、しっかりとした目つきと口調で答えた。

「この江戸で、乾物を商う志摩屋吉兵衛と申せば、手前一人にございまする」

「跡取りさんはどうなんだい。吉兵衛さんって名じゃねぇのかい」

商家の者が代々同じ名前を受け継ぐというのは良くある話だ。息子の吉兵衛の方ではないかと思ったのである。

しかし吉兵衛は首を横に振った。

「手前の倅の名は庄太郎《しょうたろう》。あれに控えておりまする」

四十ばかりの商人が、帳場格子の横で低頭した。

言葉も出ない由利之丞に代わって弥五郎が言った。

「どうやら、見込み違いのようだな」

「う、うん……。仕方がない。他を探そう」

由利之丞が「邪魔したね」と、踵《きびす》を返そうとすると、

「お待ちください」

吉兵衛翁が手代を呼び寄せて袱紗《ふくさ》の包みを持ってこさせた。

「これもなにかのご縁にございます。八巻様にはこの志摩屋を、なにとぞ宜しくお引き回しのほど、御願い奉りまする。まずはこれを……。ほんの挨拶代わりにございます」

仰々しい挨拶と共に、袱紗の包みを滑らせてきた。

由利之丞の喉がゴクッと鳴った。袱紗の厚みから推し量るに、十両ほどの小判が包まれていそうだ。

そうか、気を使わせて悪いね、と、手を伸ばそうとしたその時、

「あいや、待たれィ」

水谷弥五郎に野太い声で制された。もちろん志摩屋の面々は、自分たちが進物を差し出したことについて、難色を示されたのだと思いこんだ。美鈴の時と同じである。

弥五郎は堂々と胸を張って続けた。

「八巻殿は並の同心とは違う。謂《いわ》れもなく進物を受け取るような真似はいたさぬ」

由利之丞は「あわわわ……」などと呟いたのだが、志摩屋の面々は感服しきりだ。

「さすがは八巻様。お噂通りの高潔なお人柄……。この志摩屋吉兵衛、ただただ感服いたすばかりにございます」

老人は本気で感動しているらしい。「たいそう失礼をいたしました」と言って、袱紗の包みを引っ込めてしまった。

「さ、参りますぞ、八巻殿」

弥五郎に背中をつつかれて、由利之丞は悔しそうに、しかし同心らしい物腰を芝居で取り繕いながら、志摩屋を出た。

隣町まで歩いてから、物陰に弥五郎を引っぱり込んで嚙みついた。

「なんなんだよ！　なんなんだよ、いったい！」

美鈴といい弥五郎といい、どうして良いところで横から嘴《くちばし》を入れてくるのか。

「せっかく大金を貰えるところだったのに！」

弥五郎は呆れ顔で答えた。

「あれは、お前に差し出された進物ではない。同心の八巻に差し出された進物だ。お前が受け取るのは筋が通らぬ」

「だけど」

「良く考えろ。あの金を受け取ったりしたら八巻を怒らせてしまうぞ。大事な旦那をしくじってもいいのか」

「そ、そりゃあ……」

「八巻に従って働いておれば、これから何両でも褒美が出るのだ。芝居の役も世話してもらえるのだ。損得を考えればわかるであろうに」

「う、うん……」

由利之丞はガックリとうなだれた。

「とにかくだな」

弥五郎は由利之丞の悲しげな顔を見るに見かねて言った。

「お前が命を救ったという、もう一人の志摩屋吉兵衛を、早く見つけ出すことだな」

「そうだ、そうだね」

由利之丞はトボトボと歩きだした。

志摩屋の前に托鉢《たくはつ》僧が立っている。笠を目深に被って人相を隠していた。

「八巻め、やっぱりこの店にツラを出しやがったか」

由利之丞の背中を見つめながら呟いたのは、山嵬坊の手下の鐘浄坊だ。吉兵衛は勝手にこの店の屋号を借りた。八巻が噂通りの切れ者だとしたら必ず確かめに来るはずだと思って、見張っていたのだ。

「案の定だぜ。油断のならねぇ野郎だ。吉兵衛の正体まで見抜かれちまうぞ」

見抜かれる前に、八巻を仕留めるしかない。

山嵬坊も二日のうちに八巻を殺せと矢の催促だ。鐘浄坊は吉兵衛に繋ぎをつけるために身を翻《ひるがえ》した。

その様子を別の男が物陰から見つめている。通りへ出てくると、鐘浄坊のあとを密かに追《つ》けはじめた。

三

その日の夜。

卯之吉は暗澹《あんたん》たる心地で、美鈴が作ってくれた夕食に箸をつけていた。

美鈴の料理が不味《まず》いわけではない。遊興に出歩けないことが辛いのだ。

「これじゃあ、座敷牢に押し込められたも同然だよ」

卯之吉は、座敷に控えた銀八に愚痴《ぐち》をこぼした。

「へい。ですがもう、どんな手管《てくだ》も使えねぇでげすから」

美鈴も荒海一家の者たちも、二度と卯之吉を逃がすものかと目を光らせている。

「それにですね若旦那。殺し人が若旦那をつけ狙っているのは本当なんでげすから、迂闊に出歩くのは、よろしくないでげすよ」

「そうなんだろうけどねぇ。あああ、何もせずに過ごす夜ってのは、こんなに長く感じられるものかねぇ」

卯之吉は箸を置いた。いつもであれば「もっとお食べください」と迫ってくる美鈴はいない。屋敷の外を見廻りしているようだ。

「お前、ちょっと、美鈴様の様子を見てきておくれじゃないか」

「へいへい」と銀八は、軽薄な態度で腰を浮かせて廊下に出た。

廊下には何本もの百目蠟燭《ろうそく》が立てられていた。まるで吉原の座敷のような眩《まばゆ》さだ。雨戸もきっちりと閉ざされている。真夏なのに雨戸を閉ざして蠟燭を灯《とも》している。恐ろしいほどの暑さだ。大通人の卯之吉も、さすがにこの暑さを一興だと感じることはできないでいる様子であった。

しかも廊下の隅々には荒海一家の若衆たちが寝ずの番をしている。息が詰まるどころの話ではない。

銀八は外に出た。真夏の蒸し暑い夜であるはずなのに、「ああ涼しい」と感じてしまった。

美鈴は庭に何かを撒《ま》いていた。

「何をなさっているのでげすか」と、銀八が足を踏み出した途端に、草履《ぞうり》の裏で小さな音がした。

「あっ、無駄に踏むな」

美鈴が注意する。

「枯れ柴を撒いていたのだ」

「ははぁ。庭に殺し人が入ってきても、コイツを踏むと音がするから判るって寸法でげすな」

「そういうことだ。それからこれは、もっと踏んではならぬぞ」

美鈴は低い声の男言葉で告げながら、鉄の撒き菱を屋敷の周囲、幅二間ほどの範囲にばらまいた。棘が上を向くようになっていて、知らずに踏んだ者の足を傷つける仕組みであった。

「ああ恐ろしい」

銀八は袖で顔を覆いながら、屋敷の中に戻った。

銀八が、見てきたことを卯之吉に告げると、呑気者《のんきもの》の卯之吉もさすがに顔色もなく呟いた。

「いったい、いつまで、こんな窮屈な毎日が続くのですかねぇ」

「まったくでげす」

「お峰さんも、まだ捕まっていないみたいだし」

お峰の探索は三右衛門が直々に、腹心の寅三《とらぞう》たちを率いて行っている。もちろん、南北町奉行所の同心たちも鋭意探索中だ。

美鈴が座敷に戻ってきた。帷子に袴を穿いた姿で腰を下ろす。刀はいつでも抜けるように腰の脇に引き据えてあった。

卯之吉は切なそうに美鈴を見た。

「せめて、酒だけでも……」

「なりませぬ」

ピシャリと言われる。

いざという時に酔っていたら身動きが鈍くなる、という理由で、卯之吉は酒を飲むことも許してもらえなかったのだ。もちろん、美鈴も飲まない。

卯之吉はショボーンとしながら、

「美鈴様がお酔いになったら、さぞ、お美しい酔態となると思うのですがねぇ」

と、呟いた。

美鈴はハッとして顔を上げ、それから恥ずかしそうにそっぽを向いた。蚊の鳴くような小さな声で、

「それほど仰せなのでしたら、この一件が片づいた後……是非ともご相伴に与《あずか》らせていただきたく……」

などと呟いた。

それを聞いて銀八は、血相を変えて卯之吉に詰め寄り、その耳元で囁《ささや》いた。

「それはいけませんでげす！」

「どうしてだえ？」

「ただでさえおっかねぇ美鈴様が大トラになったりしたら、誰の手にもおえなく

なってしまうでげすよ！」

「そうかねぇ」

卯之吉は酒癖の悪い美鈴を連想して、面白そうに笑った。


夜も更けた。そろそろ夜五ッ（午後八時ごろ）の鐘が鳴る頃合いだろう。

「暇だねぇ。なにか、やることはないかねぇ」

卯之吉は完全に時間を持て余していた。銀八は呆れ顔で答えた。

「やることがないのなら、寝ちまうのが一番でげすよ」

庶民は、否、武士たちも、誰もが皆そうやって暮らしている。夜は寝る時間だから、やることが何もないのだ。当たり前の話であった。

卯之吉はため息をついた。

「仕方がないねぇ。寝るとするかねぇ。まだぜんぜん眠くないけどねぇ」

日頃の卯之吉であればこれからが本調子となる時刻だ。眠いわけがない。

「はいはい。お休みなさいませ」

銀八は、この扱いが面倒な旦那を寝床に押し込んでしまうことにした。そして襖をピシャリと閉ざした。

「すべての障子と襖を閉ざしておくようにって、美鈴様から言いつけられておるでげす」

卯之吉の溜息が襖の向こうから聞こえてきた。

四

佐吉は音もなく走り続けた。その姿はまさに、闇を飛ぶコウモリそのものであった。

八巻家の生け垣の前に立つ。気息を絶ったまま覗きこむと、庭で警戒するヤクザの若衆の姿が見えた。「八巻には荒海一家が手下としてついている」という話は聞かされていたので、特に驚きもしなかったし、今夜の襲撃を諦めるつもりもなかった。

佐吉は八巻家の前から静かに離れると、隣家の生け垣を乗り越えた。

この屋敷の主もおそらくは、南北どちらかの町奉行所の同心なのに違いない。

佐吉は耳を澄まして気配を探った。こちらの屋敷は一家揃って高いびきをかいている。八巻卯之吉に殺し人が放たれていることなど、何も知らぬのに違いなかった。

佐吉は庭木や天水桶、庇《ひさし》などを足場にして、身軽に屋根に飛び移った。屋根の上に腹這《はらば》いとなり、八巻家の庭先を窺う。若衆たちが巡回する様子を見計らい、袂に入れてあった小石を投げ込んだ。

ガサッと小さな音がした。庭の若衆は耳聡《みみざと》く気づいて、そちらの方に目を向けた。闇に目を凝らして、音の正体を探っている。

佐吉はいきなり屋根から飛んだ。屋敷同士の境界となっている生け垣の杭を踏み、音もなく八巻家の庭石の上に着地した。

庭石に降り立ったのは足音を立てないための用心だ。さらに別の石を伝って、庭の踏み石に降り立った。

何も気づかぬ若衆は余所に目を向けている。佐吉は身を低くさせて忍び寄り、背後から若衆に組みついた。

若衆は声もなく身を痙攣《けいれん》させた。佐吉は暴れられないように若衆を押さえつけた。やがて若衆はガックリと脱力し、佐吉の手で静かに、庭に横たえられた。

佐吉の手には千枚通しに似た凶器が握られていた。吉原で大工を殺した時に使った物だ。それは佐吉の暗殺道具の、ほんの一つに過ぎなかった。

佐吉は屋敷へと進んだ。縁側の近くまで進んだとき、ふと、不快な記憶を伴う臭いを嗅いだ。

（柴の臭いだ）

子供の頃から毎日毎日、嗅がされた臭いである。

（どうしてこんな所に枯れ柴が……）

佐吉は屈み込んで目を凝らした。そして屋敷を取り巻くように枯れ柴が撒かれていることに気づいた。

（なるほど、柴を踏むと音が出るというわけか）

さすがは南北町奉行所きっての切れ者。そして武芸の奥義に達した剣客同心だ。油断はしていないらしい。

常人であれば、枯れ柴の臭いを嗅ぎ分けることなどできなかったはずだ。子供の頃からこの臭いを嗅いで育った佐吉だからこそ、気づくことができた。

佐吉はさらに撒き菱の存在にも気づいた。屈み込んだからこそ見て取ることができたのだ。

（恐ろしいことをしやがる）

気づいてしまえば何も恐れることはない。足の裏を地面に滑らせて、爪先で柴と撒き菱を押し退けながら進んだ。

ついに佐吉は雨戸の際にまで達した。

公儀から下賜された屋敷は古びて傷んでいる。

町奉行所の同心は、町人相手には役人風を吹かしているが、その実態は三十俵二人扶持《ぶち》の薄給だ。

卯之吉は有り余る金を持っているが、屋敷を勝手に建て替えることは許されなかった。

傷んだ雨戸から屋内の明かりが漏れていた。佐吉は節穴に目を当てて屋敷の内部の様子を探った。

座敷を囲む廊下には何本も蠟燭が立てられているようだ。まるで吉原の籬《まがき》のようだ、と佐吉は思った。

顔をずらして視線を横に移動させると、廊下の隅に座り込んだヤクザの若衆姿が見えた。佐吉は斜めに背負った頭陀袋から吹き矢の筒を取り出して口に咥《くわ》えた。筒先を節穴に差し込むと、「フッ」と吹いた。

なんの物音もしなかったが佐吉は手応えを感じた。なんの物音もしない、という事こそが、若衆を仕留めたことを意味していたのだ。

佐吉は今度は頭陀袋から小さな刃物を取り出した。そして雨戸の下に差し込んで、グイッと持ち上げ、雨戸を簡単に外してしまった。

（町人の屋敷より、よほど不用心だ）

金持ちの商家は雨戸を簡単に外されないように、様々な工夫を施している。しかしここは八丁堀の同心組屋敷。役人の屋敷にわざわざ入る泥棒もいないので、かえって戸締りが杜撰《ずさん》なのだ。

蠟燭の明かりが佐吉の目を射た。佐吉は眩《まぶ》しさに目を細めた。

美鈴はハッとして顔を上げた。どこからか夜風が吹き込んできて、彼女の部屋の蠟燭の炎を大きく揺らしたのだ。

「来たか！」

刀を摑《つか》み取り、急いで立ち上がる。

庭からはなんの物音も聞こえてこなかった。外で見張っているはずの者も声を上げないし、柴を踏む音も聞こえなかった。廊下で番しているはずの者も何も言わない。

しかし、何者かが屋敷に入ってきたことを、美鈴ははっきりと感じた。

既に両袖は襷《たすき》で絞っている。袴も動きやすいように股立を高く取って、美しい脚線を晒《さら》していた。

美鈴は障子をパンッと開けると、卯之吉の座敷へ走った。

卯之吉は尿意を催して雪隠《せっちん》に向かうところであった。座敷を出て廊下を回る。そこで真っ黒な装束を着けた男と鉢合わせをしてしまった。

「おや。どちら様でございますね」

卯之吉は惚《とぼ》けた口調で訊ねた。


佐吉は廊下を巡って奥座敷へと向かおうとした。武士の殺しを依頼されたのは初めてではない。武家屋敷には何度も忍び込んだことがあった。屋敷の構造はどの屋敷も大差がないので、当主がどこで眠っているのかはおよその推察ができたのだ。

奥座敷へ向かう廊下の角を曲がった瞬間、佐吉はギョッとして足を止めた。町人風の若旦那と鉢合わせをしてしまったのだ。

若旦那は緊張感のかけらもない声で、「おや。どちら様でございますね」などと声をかけてきた。口調もまるっきり、お店者《たなもの》のそれであった。

「貴様は」

佐吉は低い声音で質《ただ》した。若旦那は、

「あたしは日本橋の札差、三国屋の――」などと、恐れる様子もなく答えた。

（三国屋か）

三国屋という大店が八巻の後ろ楯になっていることは知っている。たまたま三国屋の若旦那が遊びに来ていたのだろう。

「八巻はどこだ」

佐吉は重ねて問うた。答えを得たら若旦那を殺す。そのつもりで訊ねた。

その時、襖をバリバリと蹴《け》破って、凛々《りり》しい若侍が飛び出してきた。室内での戦闘を考慮したのか短い脇差を抜いている。身のこなしにも足運びにもまったく隙が感じられない。

「貴様が八巻か！」

佐吉は怒鳴った。

江戸で五指に数えられる――というのは大げさにしても、確かに凄《すさ》まじい気迫だ。この剣客こそが世間で噂の人斬り同心に違いあるまい、と佐吉は判断した。

「どけっ！」

若旦那を突き飛ばして座敷に飛び込む。八巻（だと佐吉が思い込んでいる美鈴）が迎え撃った。

佐吉は低く腰を落とし、殺しの凶器を構えた。その武器は薪屋が売り物を扱う時に使用する手鉤《てかぎ》であった。佐吉は店の主人と内儀を殺した時から、ずっとこの凶器を使っている。

八巻（美鈴）も正眼に構えて脇差を突きつけてきた。

そこへ、「何事でげすか」と、寝ぼけた声がして、眠そうな目を擦《こす》りながら小男が入ってきた。佐吉と美鈴が向かい合っているのを見て、ヒョットコみたいな顔で「ひゃあっ」と悲鳴を張り上げた。

「若旦那ッ、若旦那ッ」

例の町人のほうへ走っていく。若旦那についてきた幇間《ほうかん》なのだろう。

すっとんきょうな闖入者《ちんにゅうしゃ》は去り、座敷に緊迫が戻った。

美鈴は殺し人を睨みつけた。

(何者だ、誰に頼まれた）と問い質《ただ》したいところなのだが、息を吐けば気が抜ける。その瞬間に敵が突っ込んでくることが予見できた。

美鈴は武芸者として気合で相手を威圧しにかかった。気攻めで押し込んで、威圧しきれば必ず勝てる。臆した敵が逃げ腰になった瞬間に斬りつけるのだ。

しかし、美鈴がどれほど気合を放とうとも相手はなんの反応も示さない。顔色一つ変えずに、音もなく構えている。

（なんという不気味な男だ！）

真っ黒な装束が本物の闇のように感じられた。どこまでも深い深遠の、無音の闇だ。美鈴の気合が闇の中に吸いこまれていく。

（相手に呑まれている……！）

覚《さと》った瞬間、動揺が表に現れたのか、黒装束が畳を蹴立てて突っ込んできた。

ヒュッ――！　と凶器が唸る。研《と》ぎ澄まされた手鉤が弧を描いて美鈴の首筋を狙った。刀の動きとは明らかに違う。直接に首筋を狙うのではなく、軌道が大きく遠回りをして、首の後ろに尖った鉤を突き刺そうとしてきた。

並の武士なら勝手の異なる武器に幻惑され、盆の窪を突かれていたはずだ。しかし美鈴は辛くも体を捻《ひね》って、脇差の鍔《つば》で手鉤を跳ね返した。

刀身が短く、その分軽くて小回りの利く脇差だったから間に合った。美鈴が手にしていたのが重い長刀であったなら、首を貫かれていただろう。

「タアッ！」

美鈴は鉤を跳ね返しながら、返す刀で殺し人に斬りかかった。

殺し人は腕で刃を受けた。ギインと金属音がして脇差が跳ね返される。どうやら手甲には鉄の板が埋め込まれているようだ。

殺し人の長い脚が伸びてきた。美鈴の脇腹を目掛けて蹴りつけてくる。美鈴は咄嗟《とっさ》に腰を落として膝と腕とで蹴りを受け止めた。

しかしこの蹴りは、美鈴の体勢を屈ませるための罠であった。殺し人の腕が伸びて、美鈴の衿《えり》を摑んだ。そしてまた鉤で首筋を貫こうとしてきた。

美鈴は殺し人の腕を取った。そして屈み込んだ体勢のまま殺し人の懐に飛び込むと、摑んだ腕を捩《ねじ》りながらきつく引いた。

見事に柔術の技が決まって、殺し人は美鈴の背中の上で一回転し、畳の上にドオッと落ちた。

美鈴はすかさず刀を斬りおろす。殺し人は背後に大きく跳ねて脇差を避けた。脇差が畳表を切り裂いた。

殺し人は壁際で大きく手足を広げている。（長い手足だ）と美鈴は思った。まるで蜘蛛《くも》のようでもある。この手足を柔軟に使って奇怪な技を仕掛けてくる。実に手強い相手だった。

「旦那ッ！」

そこへ荒海一家の粂五郎《くめごろう》が飛び込んできた。庭で見張りをしていたのだが、騒動に気づいて駆けつけてきたのだ。

初めて殺し人が表情をみせた。口惜しそうに顔をしかめさせると、障子を突き破って廊下に出た。

「ひゃあっ」と悲鳴を上げたのは銀八だ。廊下で腰を抜かして、震えながら殺し人と美鈴の決闘を見守っていたのである。

そこへ殺し人が突っ込んできたからたまらない。大慌てで立ち上がると、雨戸を突き破りながら庭に転がり出た。

「ぎゃあああ〜〜〜」

凄まじい悲鳴が上がる。美鈴は（銀八が殺し人に仕留められたのか）と思ったのだがそうではなかった。銀八は縁側の下でもがいている。撒き菱が尻に刺さってしまったのだ。

殺し人は銀八を踏み台にした。ますます深く棘が刺さって銀八は苦悶の悲鳴を張り上げる。殺し人は銀八を踏み台にして、撒き菱の撒かれた一帯を飛び越えた。

殺し人が庭を走って逃げていく。

「野郎ッ」

荒海一家の若衆たちが駆けつけてきた。匕首《あいくち》を片手に追おうとした。

「待て！」

美鈴は止めた。ヤクザの喧嘩殺法で太刀打ちできる相手ではない。返り討ちにあうだけだ。それに――。

「今は、旦那様のそばを離れるべきではない！」

「どういうことですかぇ」

「今のは囮《おとり》かも知れぬ。あやつが逃げることで我らを引き寄せ、旦那様の周りを手薄にしようという策かも知れぬ！」

「なるほど！……って、旦那はどこにいらっしゃるんで」

「あたしならここにいますよ」

卯之吉が奥座敷に通じる廊下からやって来た。いったいどういう神経の持ち主なのか、のんびりとした口調と顔つきだ。

「恐ろしいお人が訪ねてこられたものですねぇ」

などと言って笑った。

若衆はホッとするやら、感心するやら、

「おっかねぇ殺し人に出入りをかけられたってぇのに笑っていなさるとは……。旦那の度胸の座りようには、まったく恐れ入りやしたぜ！」

そう言いながら、匕首を懐の鞘《さや》に戻した。

五

「お尻から落ちて良かったねぇ。棘は深く刺さったけれども、たいした怪我にならずに済んだよ」

卯之吉は銀八の尻に薬を塗りこみながら言った。銀八はシャクトリ虫みたいに身体をくの字に折って、尻を高く突き出している。傷薬が沁みるのか、年甲斐《としがい》もなく悲鳴を上げて、大粒の涙を零《こぼ》した。

そこへ、知らせを受けた三右衛門が駆けつけてきた。

「旦那ッ、ご無事でしたかいッ！」

座敷に乗り込んでくるなり大声を張り上げる。

代貸の寅三を後ろに従えている。他にも子分たちが駆けつけてきて、屋敷の周りに散った。

「あたしは無事だけどね……」

卯之吉は沈鬱《ちんうつ》な顔つきで立ち上がり、座敷に横たえられた二つの死体に目を落とした。

「子分さんたちがお二人、殺し人に仕留められてしまったよ」

寅三が座敷に飛び込んで、二人の死体を見おろした。

「ああッ、孫七《まごしち》！　五平治《ごへいじ》！」

二人とも、八巻屋敷につけられたぐらいであるから、目端の利いた喧嘩も強い男たちだったのだろう。頼りになる弟分二人に死なれてしまって、寅三の目が真っ赤に充血した。

卯之吉は居たたまれない様子で呟いた。

「こんなあたしの栖となって、いい若衆が二人も死んじまうなんて。……あたしはもう二度と、お天道様に顔向けできやしないよ」

三右衛門も肩と拳を震わせている。

「旦那にそう言っていただけるだけで、二人の魂も浮かばれまさぁ」

吐き出すように、そう言った。

「畜生！　山嵬坊め！　絶対ェに許せねぇッ！」

寅三が吠えた。

「必ず、オイラたちの手で山嵬坊の息の根を止めてやるッ！」

「まあ待て」

三右衛門が窘《たしな》める。

「これは荒海一家と山嵬坊一派の喧嘩出入りじゃねぇ。八巻の旦那の御用だぜ。オイラたちだけで勝手に喧嘩を進めるわけにゃあいかねぇ」

寅三は大きな握り拳で涙を拭った。

「それなら、必ず山嵬坊をお縄にして、南町のお白州に引き出してご覧に入れまさぁ！」

卯之吉は忍びなくて見ていられない。思わず涙をホロリと零した。

それを見た三右衛門が、

「見たか、孫七！　五平治！　旦那がお前《め》ェたちのために、泣いてくださっているぞ！」

と、真っ赤な目をして叫んだ。

　孫七と五平治の亡骸《むくろ》は赤坂新町へと運ばれていった。屋敷の周りは荒海一家の手で十重二十重《とえはたえ》に守られている。美鈴も庭を見回っているようだ。座敷には卯之吉と三右衛門だけが残された。

「そろそろ暁九ツ（深夜十二時）だね」

　切放の罪人が出頭しなければならない刻限だ。

「へい。お峰が戻ってきた様子はござんせん」

「困ったねぇ」

「申し訳ございやせん！　あっしらが手ぬるいばっかりに……」

「そうじゃあるまいさ。もしかしたらもう、江戸の外へ出ちゃったのかも知れないしね」

　時の鐘がゴーンと鳴った。日が明けて、期日の三日が過ぎた。南北の町奉行所や回向院に戻らなかった罪人は、これで獄門送りの凶状持ちとなったのだ。

　三右衛門は恐る恐る、卯之吉に訊ねた。

「それで、これからどうなさるおつもりなんで」

「どうする、って訊《き》かれてもねぇ……。ま、お峰さんも含めて、殺し人の皆さんの目当てはこのあたしさ。いずれはあたしの所へやってくるだろう。その時に捕まえるしかないだろうね」

卯之吉はそう言ってから、「あはは」と笑った。

「こっちから探し回らなくても済むんだから、面倒がなくてなによりの話さ」

どこまでも浮世離れした卯之吉ならではの物言いだが、そうとは思わぬ三右衛門は、ただひたすらに畏《おそ》れ入ってしまった。

「旦那ほどの達人であれば、殺し人の一人や二人、返り討ちにするのは造作もねぇことでしょうが、それでも十分にお気をつけなすって」

「うん、そうしよう」

「今日からあっしは、山嵬坊の居所を探ることにいたしやす」

「そうして貰えると、ありがたいねぇ」

「ですが旦那、殺し人ってぇ手合いは、おのれの評判に命を張っておりやすんで。いったん仕事を引き受けたからには、依頼人が死んだとしても、受けた仕事をやり遂げようといたしやす。そのことを、けっして忘れねぇようにお願いいたしやすぜ」

「ふ〜ん。そういうものかえ。わかった。気をつけるとするよ」

卯之吉は、「なんだか疲れた。先に休ませてもらうよ」と言い残して、奥の座敷に引っ込んだ。

「こんな夜でもしっかりと寝ちまうんですかえ。まったく旦那は、肝っ玉の太《ふて》ぇ豪傑ですぜ」

三右衛門は子分たちに十分気をつけるように言い残すと、赤坂新町へ戻っていった。

六

向こう傷ノ角蔵が慌てふためきながら山嵬坊の隠れ家へ戻ってきた。

暁九ツを過ぎていたが、山嵬坊は目を血走らせながら佐吉の首尾の報《しら》せを待っていた。

「なにッ、またしても、しくじりやがったってのか！」

「へっ、へい……」

角蔵は見届け人として佐吉と行動を共にして、八巻の屋敷から少し離れたところで騒動を窺っていたのだ。佐吉は荒海一家の者どもを、ものともせずに八巻の屋敷に忍び込んだ。そこまでは、流石《さすが》は闇の世界でも名の知れた殺し人だ、と感心していられたのであるが——。

「やっぱり、八巻の命《たま》を取るまでには、至らなかったんでさぁ」

自分がしくじりを犯したみたいに、角蔵は首をすくめた。

「ちっくしょうッ！　八巻め！」

山嵬坊が憤然と立ち上がる。子供が地団駄を踏むみたいに、座敷の中を歩き回り、置物や花瓶などを蹴ったり、投げつけたりした。

「こうなったら四の五のと言ってはいられねぇッ！　この山嵬坊様が直々に、八巻の首根っこを引っこ抜いてやるッ！」

そう叫んでから、角蔵を睨みつけた。

「吉兵衛はどうしたッ！　野郎の策は進んでいやがるのか！」

「へっ、へい……。なんでも、八巻をおびき出す秘策を思いついた、なんて、抜かしていやがりやしたが……」

「おう、そうかい。そんならその秘策とやらで、八巻をこの山嵬坊の前に引っ張りだしてこい、と伝えろ」

「へっ……？」

「吉兵衛にそう伝えるんだ。八巻の命はこの山嵬坊の目の前で取れ、とな！　なんなら俺が手伝ってやってもいいんだぜ」

「へっ、へい」

「この俺をここまで怒らせやがったのは、八巻の野郎が初めてだ。どうでも八巻の死に様をこの目で見てぇんだよ！」

「へい」

角蔵は山嵬坊の怒りの矛先《ほこさき》がこちらに向いてくるより先に、難を逃れることにした。

「それじゃあ、早速に、伝えてめぇりやす」

座敷を出て、框《かまち》で雪駄《せった》を履くと、そそくさと隠れ家を離れた。

（なんだかなぁ……）

角蔵は首を傾《かし》げた。

（山嵬坊親分は、腹を立てていなさるのではなくて、怖がっていなさるんじゃあねぇのかな……）

角蔵は悪党ではあるが、智慧《ちえ》の巡りの悪い方ではない。ある種の人間は、怯《おび》えたり動揺したりした時に、怒りだすことを知っていた。

怒りにせよ、恐怖にせよ、山嵬坊は我を忘れているように見える。

（無茶をするこたぁねぇのに）

八巻のような切れ者や豪傑には、迂闊に近づいてはならないのだ。せっかく殺し人を雇ったのだから、彼らの首尾をじっと待っていればいいではないか。

（こっちから八巻を呼び出そうなんて危ねぇ真似は、金輪際、なさらねぇほうがいいのになぁ）

そう思ったのだが、言いつけには従わないわけにもいかない。角蔵は吉兵衛の隠れ家へと急いだ。

七

翌朝も空は晴れ渡っていた。梅雨の長雨ですべての水分を出し切ってしまったとでも言わんばかりに澄みきっている。雲の一つも見当たらない快晴であった。陽は中天に差しかかろうとしている。商家の家並みに挟まれた大路は、容赦《ようしゃ》なく日に炙られて、真っ白に乾ききっていた。

「またハズレかぁ」

由利之丞がウンザリとした顔つきで商家から出てきた。

商家の軒には『志摩屋』の看板が掲げてある。主の名は違ったが、あるいはもしや、と思ってやって来たのだ。

今日も水谷弥五郎を従えている。弥五郎は由利之丞と一緒にいられさえすれば幸せであるから、ついて歩くこと自体は、やぶさかではなかった。

「本当に志摩屋という屋号なのか」

弥五郎は訊ねた。由利之丞は唇を尖らせた。

「確かさ。確かに伊勢、志摩の乾物を商う志摩屋吉兵衛って名乗ったよ」

「ふぅむ。しかし、その者がどこにもおらぬのではな……」

「なんだい、疑っているのかい！　オイラはこれでも客商売だよ。客の顔と名前は、一度見聞きしたら忘れやしないよ」

弥五郎は由利之丞の袖を引いて注意を促した。由利之丞は八巻本人だと名乗っている。客商売をしているなどと口に出してはならない。

由利之丞もハッと覚って、「わしは町方同心だぞ！　町人どもの顔と名前を間違えるはずがあるまい」などと今更ながら言い換えた。

由利之丞はプリプリしながら歩きだした。

「吉兵衛旦那は商いで江戸の出店《でだな》に出てきたんだと言ってたよ。出店の主は吉兵衛って名じゃないのかも知れないじゃないか」

「しかし、株は本店《ほんだな》の主の名で扱うものだぞ」

「もしかしたら、若隠居かも知れないし……、とにかく、軒並み当たってみなくちゃならないだろうよ」

弥五郎は滅多にないことにため息をついて、夏の青空を見上げた。太陽がジリジリと照りつけている。笠を被っていたが、頭頂部が焼けつくように暑かった。

弥五郎はふと、背後に目を向けた。

（誰か、追けてきておるのか）

そう思って目を凝らしたのであるが、視界に入ってきたのは商家の家並みと乾いた道、そして濃く揺らめく陽炎《かげろう》だけだ。

陽炎の中で人影も揺らめいている。物売りたちだろう。中には托鉢をしている僧侶の姿もあった。

人の姿が細くなったり、太くなったり、長く伸びたり短く縮んだりした。もしもこの中に尾行者がいたとしても、それと見極めるのは難事であった。

（わしも、頭がボウッとしておるな……）

きっと気のせいだったのだろうと弥五郎は思い、踵を返して、先を進む由利之丞を追った。

「次はいずこの志摩屋だ」

「難波町《なにわちょう》だよ」

「難波町か」

竜閑川（川という名であるが掘割）から分岐する細い河岸沿いにある町人地で、昨日の伊勢町堀とは五町（約五百メートル）ほどしか離れていない。昨日は日本橋から向嶋に帰って就寝し、今日また日本橋近くまで歩いて行くわけだ。とんでもない骨折りであった。

げにも欲とは恐ろしい。武芸で鍛えた弥五郎でさえ辟易《へきえき》する炎天下を、由利之丞はズンズンと踏み進んでいく。

弥五郎は再度、振り返った。托鉢僧の姿が消えていた。

「あヤツめに追けられているのかと思ったのだが、やはり気のせいであったか」

それともヤツめ、誰かに何かを報せに走ったか、などと思ったりもしたのだが、（この暑さのせいでクラクラする。気に病まずともいいことを、気に病んでおるようだ）と、弥五郎は考えた。

二人は難波町へ差しかかった。その時、

「もしや、八巻様ではございませぬか」

一人の商人が声をかけてきた。笠を被り、涼しげな絽《ろ》の夏羽織を着けている。帯の生地も、帯から下げた莨《たばこ》入れも、なかなかに金のかかった拵《こしら》えだ。そこそこ裕福な商人のようだ、と弥五郎は見て取った。

弥五郎は、自分でも理由がわからなかったのだが、八巻（由利之丞）とはたまたま同じ道を歩いていただけの他人、という顔つきを取り繕って、その場を離れた。

「あっ、あんたは」

由利之丞が歓声に近い声を張り上げた。

「志摩屋の旦那……じゃなかった、志摩屋吉兵衛ではないか！」

吉兵衛は巾着《きんちゃく》を握った手を前で揃えて、深々と腰を折った。顔には商人らしい、福々しい笑みを浮かべていた。

「はい。手前の名を覚えていただけましたとは、たいそう嬉しゅうございます」

由利之丞は、「嬉しいのはこっちだ」と言いたかったのだが、同心の威容を取り繕って、白々しく答えた。

「おう。あの後は難儀にあっていねぇようだな。まずは安堵《あんど》いたしたぞ」

「はい。八巻様に頂いたこの命、大切に使わせていただいておりまする」

「うむ。……で？」

由利之丞は、下品で物欲しそうな素顔を、一瞬だけ覗かせた。

「あんたの店ってのは、この近くなのかい？　……いや、この八巻は、たまたま市中の見廻りで、難波町に差しかかっただけなのだがな」

吉兵衛は蕩けるような愛想笑いで答えた。

「はい。手前の住いは、高砂町《たかさごちょう》にございまする」

由利之丞は細い眉をしかめた。

「高砂町？」

高砂町と言えば、この近くだ。

由利之丞は志摩屋を見つけ出すべく、ここ数日、様々な手を使ってきた。しかし、

「高砂町に志摩屋ってぇ乾物屋があるなんて話は、訊いていねぇぞ」

八巻の名を騙《かた》って乾物屋に問い質せば株仲間の名簿を見せてもらえる。必死になって探していたのだ。間違えるはずがなかった。

するとと吉兵衛は得意の愛想笑いで片手を振った。

「高砂町にあるのは手前の隠居屋敷、仕舞屋でございます。それに、嫌でございますな八巻様。手前の店の屋号は『志摩ノ国屋』でございますよ。お聞き間違えにございまする」

「ああ、そうだったのかい」

きっと自分が聞き間違えたのに違いない、と由利之丞は考えた。

「道理で――」探してもみつからねぇわけだ、と言いかけて、慌てて口をつぐんだ。それではまるで、礼金が欲しくて探し回っていたかのように思われる。実際、そのとおりなのだが。

「それにしても、さすがは八巻様。八百八町に店を構える商人を、ひとつ余さず諳《そら》んじておられるのですな」

「うっ……。ま、まぁな」

吉兵衛は、愛想笑いを浮かべたまま、腰を屈めて、下から由利之丞の目を覗きこんできた。

「如何《いかが》でしょう八巻様。いちど手前の寮に足をお運び願えませぬでしょうか」

「寮?」

「はい。手前は墨東《ぼくとう》に寮も構えておりまする。江戸市中は暑ぅございます。ぜひとも一度、涼みにいらしていただけないものかと」

「墨東ってぇと、向嶋の辺りかい」

「はい。先日、お渡し損ねたモノも、是非とも、お受け取りいただきたく」

吉兵衛は声をひそめてそう言った。上目づかいの目が一瞬、不穏な光を放った。

由利之丞に否やはない。それを目当てに彷徨《さまよ》い歩いていたのだ。

「わ、わかった。ち、馳走になるといたそうか……」

暑さでかく以上の汗を滴らせながら頷《うなず》いた。

「それでは、手前の用意が整い次第、お屋敷の方に使いを」

「あっ、それは困るよ」

「如何なさいましたか」

「い、いや……、ホレ、あの堅物が屋敷にはおるから……」

「ああ、あのお小姓様でございますな」

「うむ。……そ、そうだな。左様ならば――」

由利之丞は自分が勤める陰間茶屋の名を伝えた。

「その店におる、由利之丞と申す者に手紙を届けてもらえれば、わしのほうに繫がるようになっておる」

「はぁ」

「わしが使っておる実に切れ者の手下だ。間違いはない。由利之丞に届けよ。わかったな」

「ははっ、では、そのように運ばせていただきまする。ご返書は高砂町の隠居屋敷にお届けください」

「うむ。そうする。楽しみにいたしておるぞ」

由利之丞はまんざら芝居でもなく、満足の笑い声を響かせたのであった。

由利之丞が立ち去っていく。吉兵衛はその背中を見送った。

肩をそびやかせた由利之丞が通りの角に消えるのと同時に、物陰から托鉢僧が歩み寄ってきた。

「旦那さん、ご寄進を願います」

声をかけてきたのは鐘浄坊だ。吉兵衛は「うむ」と答えて袂から財布を取りだす仕種をした。

「首尾よくいった。八巻をおびき出すことができるだろう」

小声で囁く。鐘浄坊も笠の下で頷いた。

「へい。山嵬坊上人に伝えましょう」

そう言ってから、視線を左右に走らせた。

「図体のでかい浪人者は、八巻についていなかったですかい」

「知らんな」

「ふん。どこかで別れたのか」

吉兵衛は鐘浄坊の前を離れた。鐘浄坊はしばらくその場に立ち止まり、チリンチリンと鐘を鳴らしながら托鉢を続けた。吉兵衛の後を追ける者がいないかどうか、確かめるためであった。

水谷弥五郎は物陰から托鉢僧を睨んでいる。

（あヤツのせいで、吉兵衛を追けることはできなくなったが……）

ならば代わりに、この托鉢僧を追けてやろうと考えた。

托鉢僧はしばらく鈴を鳴らしていたが、やがてゆっくりとその場を離れた。弥五郎は托鉢僧の影が十分に離れるまで、その場に踏み止まっていた。なにしろ弥五郎は巨漢である。尾行はもっとも苦手とするところだ。十分に距離をとらないと気取られてしまう。

そろそろよいか、と、弥五郎が足を踏み出そうとしたその時、別の黒い影が通りに飛び出してきた。

弥五郎は関八州で多くの博徒と接してきた。一目でその人物が、油断も隙もない曲者《くせもの》だと見抜いた。

(悪党の仲間だな……)

身のこなしや足の運びが只者ではない。荒《すさ》んだ世界に生きる者に特有の険しさが、曲者の背中に張りついていた。

曲者は托鉢僧と同じ道を歩きだした。弥五郎はその後を追った。

(どこへ行く気だ)

曲者は大川に出ると、川岸沿いを北上し始めた。浅草御蔵の前を通り、待乳山《まっちやま》のほうへ向かって歩いていく。

(わしの塒《ねぐら》にも近いな)

などと思っていた時、急に曲者が走り出した。

(気取られたか!)

こうなっては、密かに尾行するどころではない。弥五郎は腰の刀を押さえながら走った。

曲者は大川端の堤に立って、地団駄を踏むような仕種をした。何事か、と思って川に目を向ければ、渡し舟が大川を渡っていくところであった。

弥五郎は「あっ」と小さく叫んだ。渡し舟の中にあの托鉢僧が座っていたのだ。

（竹屋の渡しか）

待乳山の麓《ふもと》から向嶋へ渡し舟が通っている。

ちょっと南には吾妻橋があって、その橋の前を通ったのだが、わざわざ渡し舟を使ったのは、尾行を警戒してのことだろう。

弥五郎は、あの曲者も托鉢僧を追っていたのだと気づいた。

曲者は次の渡し舟を待たずに、吾妻橋で対岸に渡るつもりのようだ。弥五郎のほうへ走ってきた。

「おい」

弥五郎は曲者の前に飛び出して、立ちはだかった。

「あっ」

曲者が目を丸くさせて立ちすくんだ。

もちろん曲者も、喧嘩慣れした強面《こわもて》であったのだが、剣客浪人の弥五郎には敵《かな》わない。凄まじい殺気を当てられて、蛇に見込まれた蛙のようになっている。

「てっ、手前ェ……、悪党の一味か！」

声を震わせながら、そう言った。

弥五郎は首を傾げさせた。

「何者だ、貴様は」

弥五郎が殺気をひそめた隙をついて、曲者は大きく後ろに飛んだ。弥五郎の剣の届く間合いから逃れて叫んだ。

「オイラは、南町の八巻様の手下の、縄次サマでぃ！　やい浪人！　八巻様に手向かいしやがって、後で吠え面かくなよ！」

弥五郎は太い眉毛をひそめさせた。

「なんだと？」

なにやら想定と違う展開になってきた、と、困惑しながら縄次という若い衆の顔を見つめた。

第五章　危うし由利之丞

一

佐吉は呆然《ぼうぜん》と立ち尽くした。

夕闇の迫る吉原。そろそろ夜見世《みせ》の始まる時刻だ。清搔《すががき》の音が通りの先から響いてくる。遊客たちがそぞろ歩きに集まってきて、軽薄な足取りで通りを流し始めた。

佐吉の目は、あの中見世の半籬《はんまがき》へと向けられている。いつもならば籬の向こうの張見世に越中屋のお嬢さんが座っているはずだ。それなのに今日に限って、姿が見えないのである。

見世に出るのが遅れているわけではなさそうだ。お嬢さんがいつも座る場所には、別の遊女が腰を下ろしていた。

（お嬢さんは、どうしたんだろう……）

感情を失くした佐吉であったが、心のどこかがざわめくのを覚えた。不安や焦《しょう》燥《そう》であったのだが、佐吉には良く理解できない。

吉原の仕来りについては、それなりに知識を集めていた。見世の稼ぎ頭の遊女が張見世に出てこないというのは、よほどの事態であろう。

（病か）

遊女はほとんど休みを取ることなく働かされる。重篤になって、枕から頭が上がらなくなってしまった時だけ、お情けで休みが許される――という。佐吉も薪屋で同じような仕打ちを受けていたからよくわかる。

（お嬢さんの病は、それほどに酷《ひど》いのか）

因業《いんごう》者の楼主や、その内儀ですら同情せずにはいられないほどの重病なのだろうか。

佐吉の心はますます痛んだ。そして佐吉は（これはいったいなんだ）と我が胸を刺すような感覚を訝《いぶか》しんだ。

ともあれ佐吉は見世に向かって歩いた。無表情で、何の感情もないような顔つきである。しかし何事にも無関心な佐吉が見世に顔を出さずにはいられなかったのだ。常人であれば、血相を変えて駆けつけるのと同じ状態であったはずだ。

佐吉は籬のベンガラ格子を摑《つか》んだ。けだるげな態度で顔を伏せていた遊女が、フッと顔を上げて佐吉を見た。

佐吉は職人の格好をしている。こんな若造の稼ぎでは中見世に揚《あ》がることはできない、と遊女は値踏みしたはずだ。しかし遊女は佐吉の目に遊客とは違う真剣さを読み取った。

「あんた、なにさ」

煙管から口を離して訊ねた。

佐吉は訊ね返した。

「いつも、ここに座っていたお人は、どうなさった」

遊女は佐吉の目をもう一度繁々と覗《のぞ》きこんだ。

「いつも、ここに座っていた女？」

佐吉は頷《うなず》いた。

「越中屋のお嬢さんだ」

遊女はプッと吹き出した。

「そんなことを言われてもわかるもんかえ。遊女が昔の身の上を、仲間に話すわけがないだろうに」

そう言ってせせら笑った遊女であったのだが、佐吉があくまでも真剣そのもので、身動きすらしないのを見て、真面目な顔になって訊《き》き返した。

「あんたにとって、その、越中屋のお嬢さんがなんだってのさ」

「オイラの恩人だ」

遊女は「ふーん」と鼻を鳴らした。

「そこまで言うなら無下にもできまいねぇ。どんなツラつきの女なのさ？」

佐吉はお嬢さんの人相と容姿を語った。

「それなら白藤《しらふじ》さんだねぇ。あのお人なら、身請けをされたよ」

「身請け？」

「ああ」

佐吉はなにやら、足元から力が抜けていくような心地を味わった。

遊女は一人で合点している。

「そうかい。白藤さんは商家のお嬢さんだったのかえ。道理でねぇ」

「道理で？　なにが道理だ」

「だってさ、白藤さんを身請けしたのは商家の旦那だからね。素性ってのは隠したって判るもんなのさ。身請けした旦那は、白藤さんが商家のお嬢育ちだってわかったんだろうよ。だから、『この女なら店の奥を任せられる』と思ってさ、身請けしたのに違いないよ」

佐吉は答えない。何も言えない。遊女は一人で語り続けている。

「武士の娘から遊女に落ちた女なら、大身のお侍に身請けされることもあるのさ。そういうもんだよ。男と女は、育ちが似通ってる相手に惚《ほ》れるもんなのさ」

遊女は顔を上げて「あれ？」と呟《つぶや》いた。

籬の外にいた男の姿が消えていた。

「なんだろうねぇ。立ち去る気配もしなかったのにさ」

遊女は「やれやれ」と首を振った。どちらにせよあんな男、見世に揚がる金もないのだ。あんな男に関わっている暇があったら、小金を懐に入れている男に愛想を振りまいた方がマシであった。

佐吉は呆然として仲ノ町の通りを歩いた。大門を出る時に四郎兵衛番所の者から声をかけられたようだったが、それすら耳に入らず、フラフラと吉原を出てしまった。

（お嬢さんが身請けされた……）

お嬢さんのことを、どれほど気に入ったのかは知らないが、何百両もの金をポンと出せるほどの分限者《ぶげんしゃ》だ。かなりの大店《おおだな》の主か若旦那であるに違いない。

（つまりは、元に返った、ということだ）

お嬢さんは商家に生まれた。越中屋が潰れずに暖簾《のれん》を掲げ続けていれば、いずれはどこかの商家の若旦那と結ばれて、その店のお内儀になっていたはずだ。

お嬢さんは吉原という苦界《くがい》を経由したけれども、結局は、元の世界に戻っていったのである。佐吉には、決して手の届くことのない世界であった。

普通の男ならこんな時、お嬢さんを手に入れられなかったことを嘆いたり、お嬢さんの幸せを祈ったりするはずだ。

あるいはお嬢さんのために犯してきた殺しの重さに改めて気づいて、苦悩したりするはずなのだが、佐吉は別段、何も感じはしなかった。

お嬢さんを思う時だけ揺れ動いたり、温かく感じられたり、あるいはキリキリと痛んだりした心が、再び空っぽなものに戻って、冷たい風が吹き抜けるのを感じた。

（もう、金も要らなくなった）

隠し貯めた何百両もの金があるが、その金への執着も消えた。殺しを請け負う理由がなくなった今日からは殺しに手を染めることもない。つまりは、生きる意味を完全に喪失してしまったし、技を磨く必要もなくなった。つまりは、生きる意味を完全に喪失してしまったのだ。


ただ当てどなく、塒《ねぐら》に向かって歩いた。しかし長屋に戻る理由もないのだと気づいた。佐吉は結局、そのままどこまでも街道筋を歩いていった。

どれくらい歩いただろうか、佐吉は鐘浄坊に行く手を遮《さえぎ》られて足を止めた。

「やい、どこへ行く」

佐吉は、心底からつまらなさそうな目つきで鐘浄坊の顔を見つめ返した。当然ながら挨拶も返さない。生まれて初めて鐘浄坊の顔を見た、とでも言わんばかりの顔つきであった。

鐘浄坊は無愛想な悪人には慣れている。構わずに続けた。

「明日、吉兵衛が八巻を連れてくる。お前も来るんだ。俺たちみんなで八巻を押し包んで仕留めてやるんだぜ」

鐘浄坊は勢い込んでそう言ったのだが、佐吉は（こいつ、なにを言っているんだ？）とでも言いたげな顔つきで、首を傾《かし》げ返しただけであった。

「やい、なにをボンヤリとしていやがる。山嵬坊親分のところへ走るぜ。とっとついてきやがれ」

しかし佐吉は、夜空を見上げただけであった。そして、

「八巻か」

と、呟いた。

（どうでもいい……）

佐吉の頭からは既に八巻のことも消え失《う》せている。クルリと鐘浄坊に背を向けた。そして挨拶もなく立ち去ろうとした。

悪人とはいえあまりにも傍若無人な態度である。悪人の世界にも仁義はある。鐘浄坊は呆気《あっけ》にとられてしまったのだが、すぐに怒りを沸騰させて佐吉の背中を追った。

「野郎ッ！　ふざけやがって！　前金だけ懐に入れてズラかろうってのか！」

そう言われても、金に対する執着を完全に失ってしまった佐吉には、鐘浄坊が何故にそんなに憤《いきどお》っているのかが理解できない。じっさいに隠し金は全部置き捨てにしようとしていたぐらいだ。金を大事に思う人の気持ちがわからない。

煩《わずら》わしそうに鐘浄坊の手を振り払った。それでますます鐘浄坊の怒りに火がついた。

「手前《てめ》ェ、一回八巻と立ち会って、それで臆しやがったな！　きっとそうだ、そうに違《ちげ》ぇねぇ！」

佐吉が八巻を襲撃して撃退されたという話は鐘浄坊も聞かされていた。

「手前ェ！　八巻にゃあ敵《かな》わねえと覚《さと》って、逃げ出す算段をしていやがるな！」

とんだ下衆《げす》の勘繰りだが、佐吉は抗弁もしなかった。もう、なにもかもが面倒臭かったのだ。江戸も、八巻も、そしてこの鐘浄坊も、自分の意識から消してしまいたかった。目の前から消えていなくなって欲しかった。

鐘浄坊が飛び掛かってきた。反射的に佐吉は殺しの凶器を振るっていた。

確かな手応えを佐吉は感じた。太い針が真横から鐘浄坊の首を貫き、頸椎を貫いた。

鐘浄坊の身体が痙攣《けいれん》する。目を見開いて佐吉を見て、なにか叫ぼうとしたのであるが、ついに声は出てこなかった。

佐吉にとっては見慣れた光景だ。ドサリと倒れて足元に転がり、断末魔の痙攣を繰り返す鐘浄坊を、冷やかに一瞥《いちべつ》した。

最期を見届けるつもりもなかった。佐吉はその場を立ち去った。

草むらの陰から角蔵が飛び出してきた。二人の遣り取りを物陰から見張っていたのである。

「野郎、やりゃあがった！」

山嵬坊は他人を容易には信用しない。流れ者の殺し屋などは尚更だ。「裏切りやがったらすぐに殺せ」と言いつけて、角蔵や鐘浄坊たちを吉兵衛と佐吉に（生きていた時には浜田にも）張りつけていた。

山嵬坊の命に忠実に従うなら、裏切り者の佐吉を殺さなければならない。しかし角蔵は、自分の腕ではとてものこと佐吉を仕留めきれないことを知っていた。返り討ちに遭《あ》って殺されるだけだと震え上がった。

夜霧の向こうに消えていく佐吉の背中を見送り、続いて鐘浄坊を抱き起こした。

「おい、しっかりしろ！」

鐘浄坊を揺さぶったが、すでにこと切れている。目を見開き、舌を伸ばした無残な表情で絶命していた。

角蔵は鐘浄坊の首を検《あらた》めた。

ほんの小さな刺し傷が赤く残っているだけだ。蜂に刺された痕《あと》のように見える。

「これっぽっちの傷で、人ひとりを殺すのかい……」

鐘浄坊の死因は藪《やぶ》医者には突き止められないに違いない。名医でも蜂の毒による頓死《とんし》だと見立てるに違いなかった。

角蔵も冷酷な悪党だ。それなら問題ないと考えて、鐘浄坊の死体を置き捨てにして、逃げだした。一刻も早く、その場から遠ざかりたかったのである。

二

深川にある陰間茶屋に吉兵衛からの手紙が届けられた。由利之丞は顔を見られないように用心をして、見世の子供（下働きの少年）に手紙を受け取らせ、持ってこさせた。

胸を弾ませながら封を切る。書面を一読し、即座に笑み崩れた。

（これであのお足はオイラのもんだよ）

さらには料理と美酒で接待したい、というようなことが書かれていた。

（同心様への饗応だからね、きっと見たこともないような、豪勢な料理が並ぶのに違いないよ）

由利之丞は客間の真ん中で白い臑《すね》を出して胡座《あぐら》をかき、細い腕を組んで思案を始めた。

「弥五さんは、どうしようかなぁ」

用心棒としては大変に心強い。今は世情が剣呑《けんのん》だし、八巻に放たれた殺し人のこともある。できればついてきて欲しいのだが、

「弥五さんは、意外と口うるさいからなぁ……」

武士だけあって堅物だ。由利之丞が八巻の名を騙《かた》って馳走に与《あずか》ろうとすれば、必ずや難色を示してくるだろう。

「いいや。オイラだけで行こう」

由利之丞はそう決意した。もちろん、八巻の屋敷に事の次第を伝えるつもりもなかった。

「八巻がノコノコとやって来ますよ」

吉兵衛は八巻の名で、高砂町の借屋に届けられた手紙を山嵬坊に差し出した。

その手紙は、やたらと派手な振袖を着た、前髪立ちの子供が届けてきた。どうして八巻がこのような子供を使いに寄越したのかは訝しかったが、とにもかくにも饗応に応じる意向が伝えられてきたのだ。

山嵬坊は手紙を繁々と見た。

「八巻め、洒落《しゃれ》た趣向を持ち合わせていやがるな」

花模様を漉《す》いた紙だ。淡い桃色で香まで焚《た》きしめてある。しかも手跡《て》が、同心の筆とは思えないほどに細くて艶《なまめ》かしい。

もちろんこの紙は陰間茶屋が贔屓《ひいき》の客に手紙を出すために用意してあった物だ。筆をとったのは由利之丞で、由利之丞はこれでも江戸三座の役者であるから文ぐらいは流暢《りゅうちょう》に書ける。しかしやはり、武家の武張った筆致にはほど遠い書体であったのだ。

「八巻め、江戸の娘たちから『三座の役者にも劣らねぇ姿だ』なんて煽《あお》りたてられ、ずいぶんといい気になっているものと見えるぜ」

吉兵衛は忍び笑いを漏らした。

「しかしその思い上がりも今宵《こよい》限り。今宵こそ、八巻の息の根を止めてご覧にいれましょう」

山嵬坊は顔つきを急に険しくさせた。

「それにしても、佐吉の野郎ッ！」

角蔵からの知らせを受けてからというもの、小半刻（三十分）ごとに激怒を発している。

「八巻を仕留めたら、次は佐吉だッ！　草の根わけても探し出し、かならず血祭りにあげてくれるぜッ！」

吉兵衛は相槌を打つでもなく聞き流している。きちんと正座をしながら膝の上で鉄の鎖を磨いていた。

どうやらこの鎖が、吉兵衛の殺しの武器であるようだ。

三

由利之丞は箱崎町《はこざきちょう》にある船宿で吉兵衛の使いを待った。

箱崎町は卯之吉の屋敷がある八丁堀と、由利之丞が勤める深川の陰間茶屋との中間にあたる。大川にも近いので向嶋へ舟で向かうには都合のよい場所であった。

八丁堀の屋敷には迎えに行かぬようにと手紙にしたためておいた。理由は、ロうるさい者がいるから、である。吉兵衛には美鈴のことだと伝わるはずだ。

由利之丞は損料屋《そんりょうや》で衣装と刀を借りた。それから芝居町の床山に頼んで、武士らしい髷《まげ》に結い直してもらった。

損料屋も床山も由利之丞が陰間であることを知っている。「客の妙な遊びに付き合わされているから」と言い訳したら納得をしてくれた。太平の世は退廃しきっている。その程度の悪ふざけは（お上に露顕さえしなければ）黙認される時代であったのだ。

暮六ツ（午後六時）の鐘が鳴って掘割の水面が紅く染まる頃、吉兵衛の使いが猪牙舟《ちょきぶね》を仕立ててやって来た。

「八巻の旦那ですかえ」

船頭にしてはドスの利いた声をかけられた。

「志摩ノ国屋の使いでござんす。どうぞお乗りください」

由利之丞は「うむ」と重々しく頷いて猪牙舟に乗り込んだ。船頭が棹《さお》を差して、舟は墨堤を目指して舳先《へさき》を巡らせた。

船頭はなかなかの棹捌《さば》きであった。大川を難なく渡って向こう岸についた。

向嶋にも水路が何本も伸びている。舟は掘割のひとつに入った。

由利之丞は舟など乗り慣れていない。地上を歩いている時に目にする風景と大きく違うので面食らってしまった。

（どこにいるのかも、わからなくなっちまいそうだ）

とはいえ、帰りも舟で送ってもらえるはずだ。心配ない、と由利之丞は考えた。

町家も途絶え、掘割の周囲に農地や草むらが広がり始めた。掘割というより用水路といったほうが的確に感じられるほどの田舎であった。

「志摩ノ国屋の旦那は、ずいぶんと辺鄙《へんぴ》な所に寮を構えていなさるんだな」

臆したわけでもない、警戒しているわけでもない。そう思ったから、思ったままを口に出した。すると船頭が妙にギクリと全身をこわばらせながら答えた。

「へい、旦那は静かな場所がお好きなんでして……」

不自然な態度と口調だ。口の中が渇ききっているかのようでもある。由利之丞が本物の同心であれば（何か変だ）と察したであろうが、由利之丞はあくまでも売れない役者で、陰間であった。

（どんな片田舎だっていいや。お足と料理が待っているんなら）

などと胸を弾ませながら、舳先の方ばかりを見つめていた。

日は沈み、周囲は群青色《ぐんじょういろ》の闇に包まれ始めた。空と川面だけがほんのりと明るく見える。

川面に突き出した栈橋が近づいてきた。船頭は舟を操って、栈橋に横付けにさせた。

「さあ、着きやした」

「うむ」

由利之丞は（ここからが芝居のしどころだ）と気を引き締めた。礼金を受け取り、料理を食べ終わるまでは、同心を演じきらなければならない。本当のことが露顕したらすべてが無に帰してしまう。

由利之丞はスッと姿良く立ち上がった。同心の威風で辺りを払うような物腰で、舟から栈橋へと移った。

由利之丞が栈橋を渡っていると、土手の上から提灯《ちょうちん》を手にした男が下りてきた。顔には恵比寿様のような笑みを浮かべている。由利之丞を認めて、深々と腰を折った。

由利之丞は尊大に声をかけた。

「おう。わざわざ志摩ノ国屋の主がじきじきに迎えに来てくれたのかえ」

吉兵衛は再度、低頭しながら答えた。

「手前にとっては命の恩人、しかも江戸で一番の同心様とご評判の八巻様、番頭や手代任せにはできかねます」

由利之丞の本性は役者。吉兵衛のような商人に対しては、こちらがヘコヘコと腰を折って媚《こび》を振りまかねばならない立場だ。しかし八巻を演じている時だけは立場が逆転する。由利之丞は役者を志したぐらいであるから過剰な自尊心を持っている。その自尊心を心地よくくすぐられて、ますます良い気分になってしまった。

「ささ、八巻様、どうぞこちらへ。お足元にお気をつけください」

吉兵衛が丁稚《でっち》小僧のように腰を屈めて、提灯で由利之丞の足元を照らした。その格好で先に立って案内する。

土手を上がった所に、一軒の屋敷が建っていた。

「土地の百姓の家を買い取りまして、寮に直したものにございます。なにぶん薄汚く、八巻様にお叱りを受けるのではないかと案じております る」

由利之丞の目には十分に立派な屋敷に見えた。（だけど若旦那の目には、粗末な百姓屋に見えるのかもしれないな）などと考えた。なにしろ卯之吉の価値観は世間と乖離《かいり》しきっている。

（本物の同心様は、こんな時どうするんだろう……）

ことさらに文句をつけて、礼金を吊り上げようとするのであろうか。無体な振る舞いをするのかも知れないが、同心八巻は人格者として名高い。

て疑われたら元も子もないし、若旦那の評判を落とすのも気が引ける。

などと考えながら由利之丞は、問題の屋敷へと向かった。

屋敷には玄関がなかった。玄関を使うことが許されるのは相当以上に身分の高い者たちだけで、百姓はもちろん、町奉行所の同心の屋敷にも玄関はない。

由利之丞は台所口の前を通りかかった。

「おや」と由利之丞は台所へ目を向けた。

同心八巻を客として迎えたのであるから、台所は大勢の下女たちが料理に取りかかっているはずだ。それなのにこの屋敷には下働きの者の姿が見られなかった。

「どうしたんでぇ。ずいぶんと寂しいじゃねぇか」

由利之丞が訊ねると、吉兵衛は額の汗を拭きながら低頭した。

「はい。このような在郷でございます。土臭い百姓仕立ての料理では、八巻様のおロには合うまいと愚考いたしまして、料理茶屋に仕出しを頼んだのでございます……」

「ふぅん」

由利之丞は上がり框《かまち》の沓脱《くつぬ》ぎ石に立った。陰気な顔つきの男が濯《すす》ぎの桶を抱えてやって来る。由利之丞は雪駄《せった》を脱いで、足を洗ってもらった。

由利之丞は深く考えもせずに、屋敷に上がった。

屋敷の中からもう一人、別の男がやって来た。

「お腰の物を……」

と言って、袱紗《ふくさ》をのせた手のひらを突き出してきた。

「ああ、これかい」

由利之丞は腰の大刀を抜いた。客として余所《よそ》の屋敷を訪れた際には腰の刀をいったん預ける。そういう作法があることは、芝居で見ていたので知っていた。

吉兵衛が後に続いて上がってきた。

「さぁ、八巻様、どうぞどうぞ」

奥の座敷へと導いていく。

廊下には灯籠《とうろう》が置いてある。座敷には蠟燭《ろうそく》が立てられていた。それでもなにやら陰気な雰囲気だ。

しかし由利之丞は身の危険を感じることができない。

（いっくら静かな所が好きだって言ったって、ものには限度ってもんがあるだろうになぁ）

などと呑気《のんき》に考えていた。

奥の座敷は一際明るく蠟燭が立てられていた。銀箔を張った屛風がめぐらされ、その前に席が用意されていた。

吉兵衛は座敷に入ってすぐに腰を下ろして正座した。由利之丞は突っ立ったままの姿で取り残された。

こんな時、本物の同心なら堂々と座敷を突っ切って席に腰を下ろすはずだ、と由利之丞は判断して、座敷の真ん中に足を進めた。

由利之丞のような身分の者にとって、座敷の真ん中を歩く、という行為は緊張と気後れを感じさせるものでもある。

しかしここで気後れなどしていたら礼金をせしめることができなくなる。由利之丞は必死に同心を演じつつ、銀屛風の前に腰を下ろした。

先ほどの陰気な男が三方《さんぼう》を掲げて入ってきた。三方の上には袱紗の包みが載せられていた。

（礼金だ！）

由利之丞は思わず前のめりになって、両目を輝かせた。

しかし吉兵衛は小声で男を叱りつけた。

「まずはお料理ですよ！」

男は「へい」と答えて低頭した。由利之丞は思わず「あっ」と叫びそうになった。喉から手が出るほどに欲しくてたまらぬ礼金だ。いの一番に渡してほしいところである。

しかしここで物欲しそうな顔をするのはまずい。どうせ最後には自分の物になる金なのだ、と自分に言い聞かせた。

（まずは料理と酒をいただくとしようか）

素晴らしい料理と下り酒が用意されているはずなのだ。

由利之丞の陰間茶屋も、名目は茶屋（料理屋）ということになっている。陰間は客の給仕をするために雇われている使用人、ということになっていた。

しかし実際には陰間茶屋の客は料理が目当てではないわけだから、料理と酒の味は極めて劣悪なものであった。

(うちの見世じゃあ食えないような料理にありつけるのに違いないね)

そっちのほうも愉しみだ。由利之丞は、同心らしく、八巻らしく、鷹揚《おうよう》に構えていることにした。

陰気な顔つきの男たちの手で、膳と銚子が運ばれてきた。由利之丞の前に据えられる。どうやらこの屋敷には女が一人もいないらしい。由利之丞は女が目当てで来たのではないので、どうでもいい話ではあるのだが、少々訝しくも感じられた。

吉兵衛が膝行《しっこう》してきて銚子を取ると、注ぎ口を向けてきた。

「さぁ、どうぞご一献」

「う、うむ」

由利之丞はぎこちない手つきで盃を差し出した。酒を受けて口に運ぶ。一口含むと芳醇《ほうじゅん》な香りが鼻に抜け、同時にスルッと、喉に落ちていった。

上等な酒ほど水のように軽やかな喉越しとなる。由利之丞は普段、鼻と舌にガツンとくるような安酒しか飲んでいない。上等な酒の味わいに少しばかり驚いてしまった。

(弥五さんも連れてくれば良かったかなぁ)

酒好きの弥五郎のことだ。こんな美酒を飲んだら涙を零《こぼ》さんばかりに喜んだことだろう。

「これはお見事なお飲みッ振り。八巻様は御酒までいけるお口なのでございますな。ささ、もう一献」

吉兵衛は次から次へと酒を注いだ。由利之丞も嫌いな方ではないので、喜んで呷《あお》り続けた。

料理も勧められて箸をつける。これまた絶品の味わいだ。素材も吟味され、味付けにも工夫が凝らされていた。

「旨《うめ》ぇなぁ」

由利之丞は素直に褒めた。少しばかり酔いが回って、警戒が足りなくなっている。

吉兵衛はホクホクと微笑んだ。

「お喜びいただきまして、手前も奔走した甲斐《かい》がございました」

「ああそうかい。しかし、それにしたって……」

由利之丞は座敷を見回した。陰気で暗い座敷だ。自分と吉兵衛の他には誰の姿も見当たらない。

「綺麗どころはいないのかい。せめて管弦ぐらいは……」

酔って図々しくなった由利之丞は、臆面もなく催促した。

吉兵衛は、しきりに恐縮したふうを装いながら答えた。

「切放《きりはなち》のご詮議《せんぎ》を恐れて、芸者衆も逃げ隠れしているような次第でございます」

深川などの芸者や芸人たちは、ごく少数が料理屋の雇い人として届けが出されているのだが、大半は無届けで稼業をしていたのだ。

お上にとって芸者や芸人たちは、市中の風紀を乱し、勤勉な者たちを堕落させる悪党どもだ。そのように見做《みな》している。無届けのモグリであれば尚更だ。正業についていない――ということだから無宿人と同じである。捕まえて人足寄場に送りつけなければならない。

「かような次第でございまして、芸者衆も芸人衆も、姿を隠しておるのでございますよ」

由利之丞は大きく頷いた。

「なるほどな、オイラだって――」座敷には出られないし、見世も休業だ、と続けようとして、ハッと我に返った。

「――芸者衆を捕まえなくっちゃならねぇ立場だ。もっとも、この八巻に限っては、そんな野暮な真似はしたくないがね」

ニヤリと小粋に笑って見せると、吉兵衛は、

「さすがは八巻様。人情にも通じていらっしゃいますなぁ」

などと褒めたたえてくれた。

由利之丞はますます良い気分になってきた。

（ま、芸者が目当てで来たんじゃない。オイラの目当ては礼金だからね）

そう考えて黙々と飲み食いをした。飲み意地と食い意地が張っているあたりに、育ちの悪さが覗けてしまう。

四

思うままに料理をつつき回し、盃を重ねているうちに、なにやら悪いふうに酔いが回ってしまったのか、視界がグラリと揺れてきた。

「おう。酔った酔った」

由利之丞は扇子を開いて胸など扇《あお》いだ。

「吉兵衛、わしはもう飲めぬ。飲み食いは十分だ」

本音でもあるし、酒と料理はもういいから、別のものを寄越せと催促している

わけでもある。

吉兵衛はなぜかニヤニヤと笑いながら、なおも銚子を向けてきた。

「そう仰らずに、もう一献いかがです」

執拗《しつよう》に勧めてくる。由利之丞の手に盃を持たせると、さらになみなみと注いだ。

「うーむ、これが最後じゃぞ」

由利之丞はグビリと飲み干すと、「もういかん」と、盃を放り投げた。

「さぁ、〝例の物〟を持って参れ」

露骨に礼金をせびる。だいぶガラが悪くなっている。

しかし、ここでなにゆえか吉兵衛は、惚《とぼ》けた顔つきで首など傾げた。

「はて？　〝例の物〟とは、いったいなんのことでございましょう」

由利之丞は「悪ふざけをいたすでない」と、役人風を吹かせて吠えた。

「礼金じゃ！　そのほうの命を救ってやった礼物を所望なのじゃ！　まさか、このわしに命を救ってもらった恩義を忘れたなどとは申すまいな！」

「ははぁ」

「なにが、ははぁ、じゃ。ふざけておるのか。やい吉兵衛、そなた、このわしが、江戸で五指に数えられる剣客だということを知らぬわけではあるまい。その首を刎《は》ねられぬうちに、さっさと用意いたすがよい！」

「これは恐れ入ったお言葉を頂戴いたしました。確かに八巻様は凄腕《すごうで》の剣客、世の悪党どもからは人斬り同心、などと恐れられている御方」

「うむ」

「ならばこそ、手前どもも、念には念を入れて〝例の物〟をご用意させていただきましたよ」

吉兵衛は背後の廊下を振り返って、両手をパンパンと打ち鳴らした。由利之丞は、いよいよ大枚の礼金が運びこまれてくるのだと覚って、胸の鼓動を高鳴らせた。

しかし、やって来たのは礼金などではなかった。

ドヤドヤとけたたましい足音が響いてきて、障子や襖がパンパンッと勢い良く開けられた。険しい人相の、どこからどう見ても悪人にしか見えない連中が座敷に片足を踏み入れてきたのである。

由利之丞は腰を抜かした。立ち上がろうとしたのに後ろに尻餅をついてしまった。

「な、なんだい、これは……？」

急に表情を曇らせて、額に冷や汗を流しながら問い質《ただ》した。

吉兵衛は、福々しかった笑顔に露骨な悪意を浮かべながら答えた。

「あなた様を仕留めるために集まってくださった皆様でございます」

悪党どもの背後から、一際おぞましげな異相の大入道が踏み込んできた。ツルツルに剃りあげた頭。揉《も》み上げから頬にかけて長く伸ばした虎鬚《とらひげ》。どう見ても堅気の者とは思われない。

「お初にお目にかかるぜ、八巻の旦那。拙僧が寛永寺御門前に巣くう破戒坊主、人呼んで下谷広小路ノ山嵬坊でございやす」

虎鬚の悪僧がチラリと頭を下げながら挨拶を寄越してきた。

「下谷広小路ノ山嵬坊……？」

「へい。お訊ね者のお峰と組んで悪事を働いてめぇりやした。大名屋敷にお化けを出したり、江戸の打ち壊しを策したり……。牢に赤猫を這わせたのも拙僧にごぜぇやす。そしてこの度は殺し人を雇って、八巻の旦那の命を縮めようってぇ魂胆なんでごぜぇやす」

「なっ、なっ……」

由利之丞は立ち上がろうとして、また、足をもつれさせた。酔いが回っているうえに恐怖で腰が抜けている。

背後の屏風を倒しながら転がる。なんとか上半身だけ起こして、山嵬坊に向かって怒鳴った。

「こ、この八巻が、剣の達人だということを知らぬのか！　命を粗末にするでない！　つまらぬことは考えずに……急いでわしの前から、逃げ去るが良い！」

虚勢を張って相手を恐れさせるしかないと判断して、由利之丞は剣客同心の芝居を続けた。かなり不自然な物言いとなるのは、どうにも避けられなかった。

隣では吉兵衛が「ケラケラ」と乾いた声で笑った。

「さすがの人斬り同心サマも、足腰に力が入らぬご様子」

「うっ、うぬぬっ！　それで、わしに酒を――」

吉兵衛は同心八巻が身震いする様を、心底から嬉しそうに眺めた。

「それにお刀もこちらでお預かりしておりますよ。いかがなさいます、八巻様」

由利之丞は今更ながら刀がないことに気づいたのだが、しかし刀なんぞ手元にあったところで使えないのだからどうでもいい。

由利之丞は（とにかくここから逃げ出さなければ）と思い、視線を左右に走ら華奢《きやしや》な体躯《たいく》の自分では、押し退《の》けて通ることなどできそうにもない。

山嵬坊が手下たちに声を放った。

「素手だと言ってもコイツは武芸の達者だ。聞けば骨法も使うというぞ。気を入れてかかれ！」

悪党たちが「へい」と低い声音で答えて、一斉に匕首《あいくち》をひき抜いた。

由利之丞はいよいよ震え上がってしまった。陰間が身を守るために学んだ付け焼き刃の武芸で太刀打ちできるはずもない。

（ど、どうする！）

自分は贋者《にせもの》だと正直に白状して許してもらおうか、と考えたのだが、しかし、八巻の手下であることには変わりない。悪党どもにすれば、隠れ家も、素顔も見られてしまったのだし、どうでも生かしては帰せない相手であるはずだ。

悪党どもがズンと踏み出してきた。由利之丞はほとんど白目を剝《む》いて、失神しそうになった。

「八巻！　覚悟！」

悪党の一人が匕首を構えて突進しようとしたその時――。

高らかに呼子笛が吹き鳴らされた。それを合図に「御用だ、御用だ」という叫び声が一斉に、何十人分も、聞こえてきた。

屋敷の周囲を大勢の者たちが走り回っている。そんな足音が響き渡る。生け垣を破って何人かが庭に飛び込んできた様子であった。

「何事だ！」

山嵬坊が叫ぶ。そこへ、子分の一人が転がるように飛び込んできた。

「捕り方でさぁ！　南町の捕り方と、寺社奉行所の捕り方が、攻め寄せてきやがった！」

「なんだとォ！」

山嵬坊は廊下に出ると閉められていた雨戸を蹴《け》破った。

一斉に、龕《がん》灯《どう》提灯の明かりを突きつけられる。山嵬坊は眩《まぶ》しさに目を瞬《しばた》かせた。

庭には御用提灯を手にした捕り方たちが、六尺棒や刺股《さすまた》、袖搦《そでがらみ》などの捕り物道具を手にして待ち構えている。庭の生け垣の外には南町奉行所の文字が書かれた高張提灯まで立てられていた。

一同の真ん中にいた武士が踏み出してきた。陣笠を被り、陣羽織を着けた勇壮な姿だ。

「寺社奉行所大検使、庄田朔太郎であるッ！　下谷広小路ノ山鬼坊！　寛永寺の名を騙っての悪行三昧《あっこうざんまい》、迷惑至極と寛永寺より捕縛の願いがあったにつき、出役して参った！　神妙に縛《ばく》につけィ！」

高らかに吠えて馬上鞭をビュッと突きつけてくる。普段、吉原で遊び人を気取っている中年男と同じ人物だとは思えない。

山鬼坊は自分の身が寛永寺から寺社奉行所に売り渡されたことを知った。山鬼坊とその一味の者たちはいよいよ激しく動揺した。

「ちっ、ちっくしょうッ！」

座敷に取って返し、由利之丞の襟首を握るとグイと引っ張って立たせ、匕首を突きつけながら縁側にまで連れ出した。

「これを見やがれッ！　八巻をブッ殺されてぇのかッ！　八巻を殺されたくなかったら道を空けろッ」

どこまでも卑劣な手口で要求したのであるが、大検使の庄田に鼻先で笑われてしまった。

「いったいなにを申しておるのか。南町の同心、八巻殿ならこちらにいる」

捕り方の人垣の中から、黒い巻羽織姿の卯之吉が、おずおずと踏み出してきた。

「あい。あたしが八巻でございますよ」

山嵬坊一派がどよめいた。

「ど、どういうことだいッ」

一味の中の一人が「あっ」と叫んだ。

「山嵬坊のお頭！　間違いねぇ、あっちが本物の八巻だ！」

卯之吉の顔を遠目で身覚えていたようだ。その男は唾を飛ばして叫び続けた。

「こっちにいやがる八巻は、真っ赤な贋者ですぜッ」

八巻の周囲には、捩《ねじ》り鉢巻にたすき掛けの三右衛門と荒海一家も控えている。

腰には長脇差をブッ差した物々しい姿だ。

役人の顔などは良く知らない悪党どもも、三右衛門の顔ならば見知っている。

三右衛門を従えた同心といえば八巻のことだ。もはや疑いようもなかった。

「左様」と頷いたのは庄田朔太郎だ。

「その者は八巻殿の手下。お役者小僧の由利之丞――と名乗る密偵だ」

お役者小僧、などと、三文芝居にでも出てきそうな二つ名をつけたのは、朔太郎なりの諧謔《かいぎゃく》なのか。

「そのほうども、由利之丞の芝居にまんまと騙され、由利之丞を八巻殿だと思い込まされていたようだな」

朔太郎が鼻先でせせら笑い、山嵬坊は怒気で顔面を真っ赤にさせた。

「どうして、寺社方と町方が一緒に動いていやがるんだッ！」

朔太郎はニヤニヤしながら答えた。

「南町の八巻殿は、わしの盟友じゃ」

「なんだとッ」

寺社奉行所の大検使は偉い。そもそも寺社奉行は数万石の名門譜代大名が就任する役目で、大過なくこの役目をこなせば、若年寄、老中へと出世していく。庄田朔太郎もそれにつれて出世をして、やがては国政をも左右する重職に就くかもしれないのだ。

そんなご立派な人物が、たかだか扶持米《ふちまい》三十俵二人扶持の町方同心と盟友だとは。いったい八巻とは、どれほどの大物であることか。

山嵬坊は今更ながら臍《ほぞ》を噛んだ。

（南町の八巻……、迂闊《うかつ》にちょっかいをかけちゃあならねぇ相手だったってこと後悔しても始まらない。

かい)

「野郎ッ！」

せめてもの腹いせに由利之丞の心臓を匕首で一突きにしようとした。由利之丞が身を震わせた。

しかし、「ギャッ」と悲鳴をあげたのは山嵬坊のほうであった。

匕首を握った手に小柄《こづか》が刺さっている。捕り方の中からむさ苦しい浪人が飛び出してきた。

「弥五さんッ！」

由利之丞の目が歓喜に見開かれた。と同時に、小柄が刺さった痛みで山嵬坊の握力が弛《ゆる》んだのを見て取ると、

「エイヤッ！」

衿《えり》を握っていた手を逆手に取って、投げつけた。

「うおっ」

油断していた山嵬坊がもんどりを打って転がる。

由利之丞は酔った足を必死に動かして弥五郎の方へ走った。弥五郎は刀を抜い

て峰を返すと、由利之丞に群がる悪党どもを次々と峰打ちで倒していった。

三右衛門も吠える。

「野郎どもッ！　孫七と五平治の敵討《かたきう》ちだ！　やっちめぇ！」

「合点だッ！」

「許しゃあしねぇぞ！」

荒海一家の者どもが六尺棒を手にして突進する。

朔太郎が馬上鞭を振り下ろした。

「八巻殿の手下ばかりに手柄を立てさすなッ！　破戒僧の取締りは寺社奉行所の役目ぞ！　者ども、かかれッ！」

「応！」と答えて捕り方たちが攻めかかる。寺社奉行所の捕り方は譜代大名家の軍兵だ。如何《いか》に太平の世で侍が軟弱になったといっても、小悪党の目から見れば十分に恐ろしい強敵であった。

「弥五さんッ！」

由利之丞は捕り方と悪党どもの間を縫って、弥五郎の胸に飛び込んだ。

「助けに来てくれたんだね！　オイラ、怖かったよォ……」

途端に弥五郎の目尻が下がる。鼻の下を伸ばしてだらしなく微笑んだ。

「安堵《あんど》いたせ。このわしはいつでもお前を見守っておるぞ」

視線と視線を熱烈に交わして熱い抱擁をする。由利之丞に投げ飛ばされた山鬼坊や、弥五郎に打ち倒された悪党たちにとってはとんだ面の皮だ。

「だけど、どうしてここが判ったんだい？」

弥五郎にも告げずに抜け駆けをしたというのに、なぜ寺社奉行所と南町の捕り方が駆けつけてきてくれたのか。

「わしは、吉兵衛なる商人が怪しいと気づき、八巻殿の許に注進に及んだのだ。すると八巻殿は、とうの昔に吉兵衛を殺し人の一人と見抜いておった」

「なんだって！　それをオイラには報《しら》せてくれなかったってのかい！」

「八巻殿は、いずれ吉兵衛がお前の前に姿を現すと睨《にら》んでおったのだ。そしてお前には、荒海一家の若いのを見張りにつけておいた。その者の報せと、わしからの報せを受けて、八巻殿は寺社奉行所の庄田殿に話を取り付けたのだ」

由利之丞はプッとほっぺたを膨らませた。

「なんだい！　オイラ、若旦那の手のひらの上で踊らされていたってわけかい」

「そういうことだな。お前が川向こうに連れて行かれた時には焦《あせ》ったが、山鬼坊の隠れ家も川向こうにあると察しがついておったのでな。江戸の船頭たちは皆、町奉行所から鑑札をもらっておる者たちばかりだ。南町の采配ですぐに舟が集められ、二丁櫓《ろ》の猪牙舟で、急いで、密かに、お前を追ったのだ」

「ちぇっ、なんだかみんなに担がれていたみたいだなぁ」

吉兵衛や山嵬坊だけではなく、若旦那にまで騙されていたとは。

「あっ、そうだ！」

由利之丞はハタと思いついて顔を上げた。

このままだと例の金まで役人たちに接収されてしまいかねない。

（あれはオイラの金だよ）

由利之丞は身を翻《ひるがえ》すと、乱戦の最中に取って返した。

「どこへ行く！」

弥五郎が後を追った。

五

「かかれィ！　かかれィ！」

庄田朔太郎は戦国武将のように配下を叱咤《しった》し続けた。山嵬坊一派の悪党どもはすでに及び腰だ。六尺棒や刺股で叩《たた》かれ、押さえつけられて、次々と縄をかけられていった。

「庄田殿」

南町奉行所の内与力、沢田彦太郎《さわだひこたろう》が、しかつめらしい顔つきで朔太郎に歩み寄ってきた。

「このたびは南町奉行所への一報、かたじけなく存ずる」

庄田朔太郎からの知らせを受けて、南町奉行所も急遽《きゆうきよ》、捕り物に参加したのだ。

朔太郎も沢田も、吉原では一緒に遊んでいる仲である。遊び人の朔太郎さんと四国屋《しこくや》の主人の彦太郎を名乗っている。しかし、そんなことはおくびにも出さずに堅苦しい挨拶を交わしあった。

「ここは町人地でござるから、町奉行所のご出馬を願うのは当然のこと。また、この一件に探りを入れておられたのは南町の八巻殿であるのだからな」

「それはそれは。ご丁寧なご挨拶、痛み入りまする。今後とも江戸市中の安寧《あんねい》のため、手を携えて参りましょうぞ」

二人は捕り方の活躍を見守りながら頷きあった。

吉兵衛と山嵬坊は血まみれになって戦い続けている。六尺棒で打たれ、刺股や袖搦の金具を向けられて、額をはじめあちこちの皮膚が裂けていた。それでも二人は怯《ひる》むことなく戦い続けた。

吉兵衛の放った鉄の鎖が捕り方の一人の首に絡みついた。首の血流が止まって、もがくところを手繰り寄せ、太い腕を巻きつけて頸椎をへし折った。

「ざまぁみさらせ！」

もはや上方商人のふりなどしてはいられない。凶悪な殺し人の本性をさらけ出して奮戦する。

しかしやはり多勢に無勢だ。四方八方から捕り物道具で殴られ、打たれて、最後には六尺棒で足元を払われて転倒させられた。

「それっ！　押さえろ！」

捕り方の頭が指図する。捕り方たちは喊声《かんせい》をあげながら吉兵衛に躍りかかった。

「ちっくしょうッ！」

それを見て悔しげに吠えたのは山嵬坊だ。

もはや手下のほとんどが取り押さえられている。群がり来る捕り方を匕首で一人二人と倒しはしたが、それでどうこうなる形勢ではなかった。

山嵬坊は柱や壁を楯《たて》にしながら座敷の奥へと走った。弥五郎の小柄で刺されて痛む片手をかばいながら、奥座敷の棚の戸を開けた。

棚の奥から木箱を摑みだす。手が痛いうえに掌は血で濡れている。上手く摑むことができずに取り落とした。箱の蓋が外れて、座敷の畳の上に火薬《ひぐすり》の包みが散らばった。

山嵬坊は目を血走らせながら不気味に笑った。火薬の包みを一つ、片手に握り、もう一方の手で座敷に立ててあった蠟燭を引っ摑むと、乱戦のまっ直中《ただなか》に戻った。

「手前《てめ》ェら！　コイツをとっくりと拝みやがれッ！」

火薬の包みを高く掲げて大声で吠えた。

「あっ」

卯之吉が小さな声を上げた。

「あれは、南蛮《なんばん》の山師が鉱脈を割る時に使う火薬ですよ」

紙の筒の中に火薬を固く突き詰めて、その周りを油紙で包んでいる。火を付けるための導火線が筒の口から伸びていた。

日本国の最大の輸出品は金と銀だ。鉱山技術を高めるために日本の山師たちは広く南蛮の技術を習得していた。蘭方医を目指していたこともある卯之吉は、蘭学者との付き合いが深い。というか蘭学者のほうが卯之吉の財力を当てにして、「長崎遊学の資金を出してほしい」だの「書物を買う金を貸してくれ」だのと言ってきた。

とにもかくにもそんな理由で卯之吉は最新の蘭学知識に接していたのだ。

「ははぁ。江戸の近くで鉱山と言えば、足尾の銅山か、伊豆の金山でございますねぇ。どちらも博打場が盛んだ。そんな伝《つて》で火薬を手に入れたのですかねぇ。借金のカタに巻き上げたとか」

「そんなことはどうでもいい！」

沢田彦太郎が真っ青な顔で卯之吉に質した。

「あれは、本物の火薬なのか」

「きっと本物でしょう。つい先日も火薬で吉原の遊廓の蔵を吹っ飛ばしたばかりですからねぇ」

「あ、あれが、ドカーンとなったら、どうなる……？」

「あれほどの量でしたら、そうですねぇ。三町ばかり、何も残らず木端微塵《こっぱみじん》でございましょうねぇ」

「つまりは我らも木端微塵ということではないか！」

「そういうことになりますかねぇ」

卯之吉は呑気な口調だが、沢田は完全に震え上がってしまった。

「さぁどうする！　どうせこっちは獄門首だ！　死ぬのなんか怖くねぇ。手前ェらみんな、地獄への道連れにしてくれようか！」

山嵬坊はもはや正気を失った顔つきでケラケラと高笑いしながら、一歩、また一歩と、踏み出してきた。

捕り方たちが恐れおののいて道を空ける。三右衛門は顔を真っ赤にさせて歯ぎしりしたが、こればかりはどうにもならない。

「畜生！　オイラたちが無理をしたら八巻の旦那までふっ飛んじまうぜッ」

山嵬坊は四方へギラついた視線を走らせながら、庭の真ん中まできた。

「舟を用意しやがれ！　俺を乗せて墨引きの外まで連れて行くんだ！」

「まずいぞ」

沢田はますます慌てた。

「山嵬坊め、町奉行所の支配地から逃れる気だ。墨引きより外へ逃げられたら、我らでは手が出せぬ！」

卯之吉は涼しい顔で答えた。

「心配は要りませんよ」

「どうして、そう言いきれる」

「だって、もうすぐ大雨になりますから。蠟燭が灯《とも》っていられるはずがございませんし、導火線だって濡れたら役にはたちません」

「えっ」

「ほら。北から風が吹いてきたでしょう？　上州や野州の山々で冷やされた風が南に吹き下りてきた証拠です。こういう時には雷雨になるのですよ。ふふふ。話を聞き入れたふりをして、時を稼ぐのがよろしいでしょうねぇ」

「わ、わかった……。妙案じゃ」

沢田は声を大きく張り上げた。

「さ、山嵬坊とやら！　話は聞き届けた。舟と船頭を用意いたすによって、しばらくそのまま待て！　けっして短慮を起こしてはならぬぞ！」

小者を走らせ、舟を探しに行かせたふりなどしているうちに、

「おや、もう降ってきましたねぇ」

卯之吉は、額にポツリと雨の粒を感じてニコリとした。

沢田は時間を稼ぐために、さらに叫んだ。

「お前の仲間も連れて逃げたいであろう。手下を運ぶ舟も用意してやるによって、しばらく、あとしばらく、待つのじゃぞ」

「おやおや。そんな申し出をこっちからしたら、怪しまれやしませんかねぇ」

などと言っているうちに雨が本降りとなってきた。山嵬坊が事態を覚って慌てる。風も強く吹きつけてきて、ついに蠟燭の火が消えた。

「今だ！　かかれッ！」

沢田の代わりに庄田朔太郎が発令して、捕り方たちと荒海一家が山嵬坊に飛び掛かっていった。

六

大雨が降っている。向嶋は田畑の広がる在郷だ。人が通る道も田畑の畦道《あぜみち》とほとんど変わりがない。

由利之丞は全身ずぶ濡れの泥だらけになりながら、苦労して百姓屋を脱出した。

「おう、あそこに渡し舟がある」

弥五郎が大川端を指差した。桟橋に舟が着けられている。灯《ひ》のついた提灯が下がっているので、まだ稼業をしているのであろう。しかし船頭の姿は見当たらない。雨を避けて近くの小屋にでも入っているのかも知れなかった。

由利之丞は提灯に駆け寄ると、懐に入れてきた袱紗の包みを摑みだした。思わず笑みがこぼれる。

「礼金だよ！　やったね」

袱紗の中には白い紙で包まれた小判の束が二つ入っていた。金座の後藤家の印がついた〝包み金〟は一つで二十五両が包まれている。合わせて五十両。大金だ。

「やったよ弥五さん。ついに礼金をせしめたよ！」

弥五郎とすれば、由利之丞の執念に苦笑するしかない。

由利之丞は包みを破り始めた。

「オイラの命を助けてもらったお礼にね、弥五さんにも五両、あげるよ」

他人の命を助けた礼が五十両で、自分の命を助けてもらった礼が五両では帳尻が合わないようだが、とにもかくにも由利之丞は包みを破った。

そして「あっ」と声を上げた。

「なんだい、これは！」

慌てて提灯の火にかざす。弥五郎も覗きこんできた。なんと、包みの中に入っていたのは石塊。小判の束の形に削られた石だったのだ。

弥五郎はもう一つの包みを見た。

「金座の後藤の署名ではないな。印判も似せて書いた手書き、すなわち偽物だ」

由利之丞はその場にヘナヘナと腰を落としてしまった。

「そんなのってないよォ……。あんな怖い思いまでしたってのに！」

由利之丞は幼児のように大声で泣きわめき始めた。

第六章　殺し人の掟

一

深川にある料理茶屋の座敷で、卯之吉が嬉しそうに盃を傾けている。

「ああ、生き返った心地だねぇ」

下りものの銘酒を大盃で飲み干してニッコリと笑った。

生き返った心地を満喫している理由は、山嵬坊一派が捕縛され、当面の脅威から解放されたからではなかった。久しぶりの外出が許されて、こうして遊興に耽《ふけ》ることができるのが嬉しかったのだ。

しかしまだお峰と佐吉は捕まっていない。夜歩きするのは憚《はばか》られたのであるが、美鈴が一緒なら、という条件付きで、美鈴と三右衛門が許しを出してくれたのだ。

その美鈴が小姓姿で同じ座敷に腰を下ろしている。美鈴は女としても十分に美しいが、そのうえ男装をしているわけだからますます妖艶《ようえん》な姿だ。酌婦たちが放っておくはずもない。

「さぁ若様、ご一献《こん》」

などと媚びた艶笑《えんしょう》を向けながら、盃を手に持たせようとした。

「わたしは飲まぬ！」

美鈴は凛然《りんぜん》とはねつける。万が一卯之吉が襲われた時に備えて、酔っぱらうわけにはいかない。そう思い極めているのだ。

しかしそこがまた、初《うぶ》な若侍らしくて愛らしい。叱りつけられても酌婦たちはどこ吹く風、遊女同士で卑猥《ひわい》な笑みを交わし合っている。一人が美鈴にしなだれかかろうとして、美鈴を身震いさせた。

「なんでぇ、ありゃあ」

遊び人の朔太郎が呆《あき》れている。

卯之吉は「ふふふ」と笑った。

「面白い御方ですね、美鈴様は」

「まったくだ。お前《め》ぇさんの周りにゃあ、おかしな奴ばかりが集まってくる。って、オイラが言えた口じゃあねぇけどな」

チラリと視線を横に向ける。今夜は由利之丞も座敷に相伴していた。こちらは少々ふくれっ面だ。

朔太郎は少し真面目な顔つきに戻って、囁《ささや》き声で訊ねた。

「それで、山嵬坊はどうなったぇ」

卯之吉も盃を伏せて、少しだけ居住まいを正した。

「そちらさまのお手配りのお陰をもって僧籍が剝奪《はくだつ》されたのでねぇ。お白州は首尾よく進みましたよ」

そちら様とは寺社奉行所のこと。僧侶の裁きはなにかと面倒であるのだが、寛永寺が山嵬坊を見放したので、無宿人の悪党として裁くことができた。

「山嵬坊さんは打ち首獄門。吉兵衛さんってお人や、一味の手下の皆さんも、揃って打ち首でございました」

「そうかえ。寛永寺さんの権威を笠に着て、オイラたち寺社方を悩ませてきた悪僧も、ついに引導を渡されたか」

「今度は赤猫にやられちゃたまらないっていうので、次の日にはもう、千住《せんじゅ》の小《こ》塚原《づかっぱら》へ送られましたよ」

「ふぅん。オイラ、寛永寺さんとの後始末に忙しかったからな。市中のことは何も知らねぇ」

「それは、お役目ご苦労さまにございましたねぇ」

「なに言ってやがる。遊び人に役目なんかあるもんかよ」

遊女の耳を気にしながら朔太郎は上機嫌に笑った。

「それにしても、お前さんから報《しら》せがあった時には驚いた。寺社奉行所が探しても見つからなかった山嵬坊だ。よくも見つけ出したもんだね。さすがは南町きっての切れ者の八巻サマってことかい」

「よしておくんなさいよ。あの百姓屋に山嵬坊さんが潜んでいるのを見つけたのは荒海一家の若い衆さんですよ。あちらの由利之丞さんを陰から見守っていたお人でね。由利之丞さんを追《つ》けていた托鉢《たくはつ》僧や、顔に向こう傷のあるお人をしつこく追っかけていったら、山嵬坊さんの隠れ家がみつかったってわけで」

「顔に向こう傷のある男？　ああ、そんなのも捕まえたっけな」

「山嵬坊さんの子分さんですよ。その人たちが足しげく出入りしていたから、あそこに山嵬坊さんがいなさるとわかったってわけで」

朔太郎は弛《ゆる》んだ腹の肉を揺らして笑った。

「いつもは慎重な山嵬坊も、八巻サマに睨《にら》まれちまったもんだから、ジタバタと悪足掻きしちまったのが運の尽きか。じっと隠れていれば尻尾《しっぽ》を掴《つか》まれずともすんだのにな」

朔太郎は由利之丞を見てニヤリと笑った。

「替え玉を泳がせていた甲斐《かい》があったってもんだね」

由利之丞が唇を尖《とが》らせた。

「悪党が狙っていると知りながら、なにも報せてくれないなんて酷《ひど》いよ」

「まぁまぁ。水谷様もついていて下さるようだったのでねぇ。心配はあるまいと思ったのでねぇ」

卯之吉はまったく悪びれた様子もない。

「殺し人を釣り出すだけならともかく、山嵬坊さんも引っかけたかったものですからね。ちょっとばかり無理をお願いしましたよ」

「だからって、山嵬坊の隠れ家にまで行かせるなんて」

「どうあってもあのお坊様を、こちらの朔太郎さんに捕まえてほしかったものですからね。八巻サマが乗り込んで行けば、必ずや山嵬坊さんもその場に現れるはず。そう思って、八巻サマにご出馬を願った次第です」

朔太郎が大笑いをした。

「酷《ひで》ぇ話だ！　そんなら手前《てめ》ぇで乗り込みゃあいいのに」

「まったくだよ」

卯之吉はどこ吹く風という顔つきで、盃を呷《あお》った。

「由利之丞さんには、それなりのお礼はさせていただきますよ」

「もちろんそうしてもらうよ」

朔太郎は首を傾《かし》げた。

「由利之丞へのご褒美は、南町と寺社奉行所から出すべきものだろ」

卯之吉は「フッ」と笑った。

「町奉行所と寺社奉行所から出るご褒美なんて、雀の涙じゃあございませんか」

これほどの大捕り物だ。山嵬坊捕縛を成功させた由利之丞には、両奉行所から
それぞれ一両ほどは出る。それを〝雀の涙〟と表現する卯之吉の方がおかしい。

だが、卯之吉からの褒美は膨大な金額が期待できるわけで、由利之丞は途端に
機嫌を直した。

朔太郎も満足そうに座り直して酒を呷った。

「ま、なんにせよ、おいらたちを悩ませてきた悪僧が捕まったってぇのは、いいことだ」

それから横目で美鈴をチラッと見た。

「それにしてもあの娘、あんな野暮天じゃあ卯之さんには似つかわしくねぇな」

「似つかわしくないって？　それはそうでしょう。あちらはお武家様でございますよ」

卯之吉が吹き出しそうな顔つきでそう言うと、朔太郎は怪訝《けげん》な表情を浮かべた。

「あの娘、お前ェさんの家に入る気でいるぜ」

「まさか。こちらが『お嫁に来てください』とお願いしたって、来てくれやしませんよ。あたしみたいな役立たずの放蕩《ほうとう》者のところになんか、どこの武家娘様がお嫁に来てくださるっていうんです」

傍《かたわ》らで聞いていた銀八が「あちゃー」と呟《つぶや》き俯いて、額を手のひらでピシャリと打った。

酌婦や芸者たちは美鈴をなおも取り巻いている。

「若様、なんぞ、踊りを披露してくださいませ」

「若様はお姿がよろしいから、きっと踊りもお美しゅうございましょう」

「踊りとな？」

美鈴は、白粉《おしろい》臭い女たちに取り囲まれるのに辟易《へきえき》していたので、踊りさえ見せれば解放されるのか、と考えて、頷《うなず》いた。

「左様か、ならば剣舞をお見せいたそう」

言うなりスラリと立ち上がり、いきなり、腰の脇に置いてあった大刀を引き抜いた。

「キャア！」

女たちが悲鳴を上げて後退する。女でなくとも、卯之吉も、朔太郎も銀八も、ギョッとして両目を見開いた。

美鈴は一人、謡曲を朗々と口ずさみながら、刀を振り下ろし、あるいは構え、足を踏み出したり、腰を落として刀身を斬り上げたりし始めた。

「野暮もここまで極まると凄《すさ》まじいもんだなぁ」

朔太郎が呆れ顔で首を横に振った。

卯之吉に目を向けると案の定卯之吉は、美鈴の非常識な振る舞いを、目を輝かせながら愛《め》でている。

「卯之さんよ」

朔太郎は声をひそめさせた。

「道中奉行は若年寄様の加役だ。その若年寄様から、うちの殿サンが聞き出した話なんだが」

道中奉行とは幕府が定めた五街道を管理する役職で、各宿場の宿場役人や代官たちは皆、道中奉行の支配を受けている。若年寄も数万石程度の譜代大名が就く役職で、家柄が近いこともあり、寺社奉行とは緊密な関係にあった。

「佐吉ってぇ殺し人は、街道筋でも悪さを繰り返していた凶状持ちらしい。街道筋に沿って逃げたんじゃないのかって、宿場の小悪党どもが注進を入れて来たそうだぜ」

宿場で賭場を開帳したり、遊女屋を経営している博徒やヤクザ者たちは、道中奉行の役人たちに奉仕することで、お目溢《めこぼ》しをいただいている。凶状持ちが宿場に入った時などは率先して報せを寄越してくるのだ。

「ふ〜ん。街道筋に逃げたのかぇ」

卯之吉は嬉しそうに破顔した。

「それじゃあ今日からは、心置きなく遊び回れるということだね！」

朔太郎は、(ダメだこりゃ)という顔をした。

二

東海道最初の宿、品川には、多くの遊廓が軒を連ねていた。宿場はそもそもは、徳川軍が迅速に行軍できるように造られた軍事拠点である。基地を旅人に開放して、旅人が払う路銀で基地を経営しようという考えで成り立っていたのだ。

しかし、江戸から二里(八キロメートル)の品川などに泊まる旅人はほとんどいない。品川宿の運営資金は乏しくなる。

そこで品川宿は、窮余の策として遊廓を営業し始めた。江戸の遊び人たちに金を出させることで、宿場を維持、管理しようと図ったのだ。

幕府はもはや、江戸の町人と品川の遊女の力なくしては軍事施設も維持できないほどに、困窮していたのである。

夕立が降っている。佐吉は二階の窓辺に腰を下ろして眼下の東海道を眺めていた。

旅人たちが大慌てで蓑笠《みのかさ》を着けている。あるいは雨を避けて走っていった。

「あらあら、大変！」

宿に仕える飯盛女が飛び込んできた。

「雨戸を閉めますから」

横殴りの風が強い。大粒の雨が座敷に吹きかけていた。佐吉の帷子《かたびら》も半身がビッショリと濡れていた。

佐吉は、自分が雨に打たれていることにすら気づいていないような顔つきだ。何事にも無関心な様子であったが、飯盛女が雨戸を閉め始めると、素直に窓辺から離れた。

雨戸が閉め切られ、二階座敷は薄闇に閉ざされた。天井近くの欄間《らんま》から外の明かるさがわずかに感じられるばかりだ。

佐吉は座敷の真ん中に座る。飯盛女は雑巾で濡れた畳を拭いている。

「お召し物を替えましょうか」

飯盛女が言ったが、佐吉は黙って首を横に振った。

その飯盛女はお蔦《つた》という名であった。飯盛女とは旅籠《はたご》の客に給仕をするのが仕事——という建前であったが、実際には遊女である。佐吉はこの遊女を二晩続けて座敷に呼んだ。

別段、この遊女が気に入ったわけではなかった。自分の顔を知る者の数を、できるだけ減らそうと考えていたのだ。

お蔦は佐吉のそばに座った。

「佐吉さん。いつまでここにいるの？」

佐吉はお蔦を見つめ返した。

「いつまでもいちゃあ、駄目なのかい」

お蔦はコクリと頷いた。

「宿場の旅籠ってのはね、本当はね、客を続けて二日も三日も泊めちゃあいけない決まりになっているんだよ」

道中奉行の法度により連泊は禁じられていた。もちろん病人や怪我人などは別であるが、その際も宿場役人を呼んで、確かに病人、怪我人であると確かめてもらわねばならなかった。

佐吉はなんの関心もなさそうに視線をどこかに向けている。お蔦は続けた。

「もちろん、この品川は別さ。宿場ってことになってるけど、本当は悪所だものね。ここのお客は旅のお人なんかじゃない。みんな、女の身体が目当ての男たちさ」

「旅籠の主が、何か言ってるのか」

「うん。そろそろお足を勘定してもらえ……って」

女は、意を決した形相で続けた。

「あたいへの祝儀だって……。あたいも稼ぎの幾分かを、旅籠に納めなくちゃならないんだ。ま、まさか、お足を持ってないわけじゃないだろうね。もしそうならあんた、大変なことになるよ。宿場の親分に折檻《せっかん》されて、大名屋敷に売られちまうんだ」

品川宿の周辺には西国の大名屋敷がある。溜まった宿代を大名屋敷の下働きで稼がせて、払い終わるまで奴隷のようにこき使う、という話であった。

「金はある」

佐吉は低い声で答えた。

「旅籠の主に帳場で待っていろと伝えろ。厠《かわや》に寄ってから帳場に行く」

佐吉は頭陀袋《ずだぶくろ》を担いで立ち上がった。女は、その袋の中に金があるのだと思った。

佐吉は一階へ下り、厠へ向かうふりをして庭を通り越し、宿屋の塀を軽々と乗り越えた。塀の向こうは東海道へ通じる小道になっていた。

隣の旅籠の裏木戸に庇《ひさし》があった。庇の下で一人の旅人が雨宿りをしていた。

佐吉は、チラッと低頭しながら、同じ庇を借りる風情で駆け寄った。

旅人も挨拶を返した。

「酷い夕立ですなぁ」

その瞬間、佐吉の手に握られていた何かが鋭く突き出された。

旅人は目を見開いて痙攣《けいれん》する。佐吉は旅人の肩から振り分け荷物を奪った。そして再び、塀を乗り越えて元の旅籠に戻った。

厠に入って振り分け荷物の行李《こうり》を開ける。財布だけ抜き取ると、残りは厠の後ろの笹藪に投げ込んだ。

素知らぬ顔で濡れ縁を巡り、帳場に向かう。

「いくらだ」

突っ立ったまま旅籠の主に訊ねた。主は算盤《そろばん》を弾くふりをしてから、

「二泊三日の居続けでございまして、ざっと一両二分でございます」

旅籠の料金としては法外に高い。一両あれば普通の旅籠を一ヵ月、泊まり歩くことができる。やはり品川の旅籠は遊廓なのだ。

佐吉は他人の財布から一両と二分を抜き出して、帳場格子の机に並べた。

　途端に、主の愛想が良くなった。佐吉の財布に目を向けて、もっと入っているようだ、と値踏みまでしている様子であった。

「これはこれは、気前良く頂戴いたしました。ははぁ、さては、その職人風のお姿は余興で、本当は大店《おおだな》の若旦那様なのではございますまいか」

　佐吉の無愛想な態度は、我《わ》が儘《まま》勝手に育てられた若旦那を連想させなくもない。

「よろしければ、お店《たな》の屋号をお教えいただけませぬでしょうか」

　佐吉は、話を良く理解していなかったのであるが、

「越中屋」

　とだけ、ぶっきらぼうに答えた。

　背を向けて二階の座敷に戻ろうとすると、主の声が追いかけてきた。

「若旦那、お蔦への祝儀も、お預かりいたしておきますよ」

　佐吉は即座に答えた。

「お蔦に直に渡す」

　主に渡したらお蔦の懐には入らないということを、自分の経験で知っていたのである。

佐吉は飯盛旅籠に泊まってはいるが、お蔦の身体に執着しているわけではなかった。夜も一人で寝ている。殺し人として生きてきた佐吉は、容易に人を寄せつけようとはしないのだ。

三

蒸し暑い。ほとんど素裸の状態で、布団の上に大の字に寝転がっている。雨が屋根板を叩《たた》く音が騒々しく響いていた。

ふと佐吉は目を開けて、ムックリと起き上がった。着物の袖に腕を通して、衿《えり》を直した。

階段を上がってくる足音がする。お蔦のものだとすぐにわかった。

お蔦が顔を覗《のぞ》かせた。

「佐吉さんに会いたいってお人がお見えなんだけど……」

佐吉は顎を引いた。

「連れだ。入《へ》ぇってもらいいな」

そう答えるとお蔦は「ホッ」と安堵《あんど》の表情を見せた。

「なんだい佐吉さん、あんた、人を待っていたのかい……」

女にたいして関心もないのに居続けをしている佐吉の真意を測りかね、不気味に思っていたのである。客待ちをしていたのだと知って、ようやく合点がいった、という顔をした。

お蔦は行灯《あんどん》に油を注すと、手燭の火を移した。闇に閉ざされていた座敷が明るくなった。布団も畳んで脇に寄せる。

佐吉はお蔦に気づかれぬように頭陀袋から凶器を取り出して懐に入れた。それから壁に寄り掛かった。

お蔦は一階に下りて行き、代わって、重々しい男の足音が階段を上ってきた。わざと足音を立てている、と佐吉は気づいた。佐吉を警戒させないためだろう。

五十歳ほどの、鬢《びん》に少し白髪の交じった男が顔を覗かせた。佐吉は懐の凶器を確かめながら、男の顔をチラリと見た。

「佐吉さん、久しぶりだなぁ」

男は座敷の中に踏み込んでくると、勝手に座って莨盆《たばこぼん》を引き寄せ、悠々と一服つけ始めた。

旅の商人の格好だが不敵な面構え、行灯のわずかな明かりに横半分だけを照らされた顔が禍々《まがまが》しい。

佐吉は壁際にだらしなく腰を下ろしたまま、目の前の畳に視線を落としている。男にはなんの関心も示そうとはしなかった。

男は莨を吸い終えると、煙管をしまいながら言った。

「殺しの腕は落ちちゃいねぇようで、安堵したぜ」

佐吉は「なんの話だ」と言わんばかりの、訝《いぶか》しげな目を向けた。

「旅の商人の財布を抜き取ったろう？　あんたが投げ捨てた振り分け荷物は、やつがれの手下が商人の肩に戻しておいたよ。荷物だけ別のところから見つかったのでは、すぐに殺しだと露顕してしまうからね」

「俺に人をつけていやがったのか」

佐吉は、それもまた、どうでもいいことだと思いながら呟いた。

男が鋭い目を向けてきた。

「佐吉さん、請けた仕事はやり通してくれるのだろうね」

佐吉は答えない。男は続ける。

「あんたもこの世界に一度足を踏み入れたのなら、この世界の仁義を守り通してもらわなくちゃ困る。山嵬坊はとっ捕まって獄門台に送られた。だがね、仕事は終わったわけじゃねぇんだ」

「嫌だと言ったら、どうする」

男は呆れ顔をした。

「こっちの言いつけを守って、この旅籠でやつがれが来るのを待っているから、まだその気があるのだろうと思って来てみれば……。いったいなんてぇご挨拶だ」

「俺にはもう、この仕事を続ける理由《わけ》がなくなったんだ……」

「あんた、やりかけの仕事を放り出して、この世界から足を洗いなさろうってぇ魂胆かぇ？　そりゃあ無理ってもんだ」

「次は俺を殺して、仕置きにするってわけかい」

「そんなこたぁしたくねぇ。そうならねぇためには、あんたに仕事をやり遂げてもらわなくちゃならねぇ。きちんと仁義を通してもらわなくちゃならねぇんだ。この仕事から足を洗いたいってんならそれでもいいが、それならそれで、それなりの挨拶をしなくちゃならねぇ相手がたくさんいるだろう」

佐吉は話を聞いているだけでも面倒臭い、という顔をした。

「俺は、俺の好きなように生きる……」

「そんな勝手が許されるのかい」

佐吉は懐に手を突っ込んで、凄まじい眼光で男を見た。

男も負けじと睨み返す。

「それが答えってわけかい」

佐吉は無言で頷いた。

「わかった。ここでお前ぇさんとやりあっても、この老耄《おいぼれ》に勝ち目はねぇ。出直すとするぜ。今度会うときまでにお前ぇさんの気が変わっていることを期待しているぜ」

男は着物の裾を払って座敷から出ていった。

佐吉はまんじりともせず、その夜を過ごした。

四

翌朝、日の出前に佐吉が身支度を整えていると、お蔦が眠そうな目を擦《こす》りながらやって来た。

「出るのかい」

佐吉は不思議そうな目でお蔦を見た。

「どうしてわかるんだ」

「だって、昨夜《ゆんべ》、待ち人と会ってたじゃないか。待ち人と会えたんなら、もう、この旅籠にいる理由もないんだろう？」

なるほど、そういうことか、と佐吉は納得した。なぜかはわからないが、自分以外の人間は皆、状況から他人の行動を読む能力に長《た》けている。

自分にはその力がない、と佐吉は思った。自分にあるのはただ、野獣のような勘働きだけだ。

「そうだ、出て行く」

佐吉は、昨日奪った財布を全部、お蔦の手に握らせた。

「世話になった」

お蔦は、財布を覗きこんで目を丸くさせた。

「こ、こんなにたくさん……。あんた、大店の若旦那じゃないかって親爺さんが言ってたけど、本当だったんだね」

佐吉はそうだとも違うとも答えずに、頭陀袋を担いだ。

無言で階段を下りていく。お蔦が急いで後に続いた。

「また来ておくれよね」

お蔦の声に送られながら、佐吉は東海道に出た。

（さて、どこへ行こう）

行く当てなど何もない。東を見たら昇る朝日が眩《まぶ》しかったので、西に行こうと決めた。

（西か）

この道の先には西国がある。いったいどんな国々なのか。何もかもわからなかったが、佐吉は西へ向かって歩きだした。

急ぐ旅でもない。佐吉の足はじつに遅い。疲れたわけでもないのに歩く気力を失《な》くしたみたいに、しょっちゅう道端にしゃがみ込み、ボンヤリと道行く人を見つめた。

品川から川崎宿に至るまで二刻（四時間）以上もかかった。普通の若者の足なら一刻半（三時間）、早足なら一刻（二時間）で到達する距離だ。

次の宿場は神奈川宿である。佐吉はつらつらと考えた。

箱根の関を越えるには道中手形が必要だ。もちろん佐吉なら箱根の山中を突破して関所を破るのも難しくはない。しかしそれもまた、考えるだに面倒臭い話であった。

（やはり、誰かを殺して荷を奪うか）

自分と似た年格好の者を殺して手形を奪う。それに腹も減ってきた。何かを食うにしても路銀は必要だ。やはり、誰かを殺すしかない。

善悪の感情を育むことなく大人になった佐吉は、至って理知的に、そう考えた。

宿場を抜けて野原に出る。街道の脇に古い巨木が立っていた。根元が虚《うろ》になっているようだ。佐吉は巨木の根元に身を伏せた。夏草が生い茂っているので、佐吉の姿は街道からはほとんど見えなくなった。

一人旅の若者を襲わなければならない。しかも前後に人気のない状況で仕掛けなければならなかった。

東海道はひっきりなしに旅人が歩いている。殺しに相応《ふさわ》しい状況にはなかなかならない。一人旅の若者が来た、と思ったら、向こうから遊山旅の一団がやって来た。良い具合に人気が途絶えたと思ったら、今度は若い一人者が歩いてこない。

それでも佐吉は焦《あせ》らなかった。焦らずにじっと待ち続けた。

日が中天を過ぎた。佐吉は空腹を覚えた。空腹がますます殺意を研《と》ぎ澄まさせる。さながら餓狼《がろう》のような目つきで、佐吉は東海道を睨み続けた。

江戸の方から騒々しい二人連れがやって来た。どちらも中年男で、佐吉の狙う相手ではない。一人は肥えていて背が低く、もう一人は痩せて長い顔をした男であった。

二人は旅の途中で道連れとなった者同士であるらしい。格好から察するに二人とも小商人であるようだ。声高に、明るい調子で語り合いながら歩いてきた。狙う相手ではない、と思った瞬間から佐吉の興味は失《う》せている。男たちには目も向けようとはしなかったのだが、その直後、佐吉の耳がピクンと震えた。

「……屋の白藤」

という言葉が佐吉の耳を貫き、心を激しく揺さぶったのだ。

聞き間違えるはずもない。覚え間違えているはずもない。それは越中屋のお嬢さんの源氏名であるはずだ。

佐吉は二人に駆け寄っていきたいほどの心地となったのであるが、これから殺しをせねばならないのに、自分の姿を人の記憶に留めるのは拙《まず》いと思った。それに、駆け寄るまでもない。佐吉が身をひそめている場所にまで二人の声は良く届いたのである。

「いやぁ驚いた。たいそうな花嫁行列だ」

小太りの男が江戸弁で言った。

「なんでも、大坂の大店が、吉原の遊女を落籍《ひか》したというぞ」

「たいしたものやなァ」

顔の長い男が上方訛《なま》りで相槌を打つ。

「なぁに、大店の旦那さんからすれば、千両の身請けの金なんぞ、たいした額でもないでしょう」

「ちゃうがな。わてが言うとんのは遊女の方や。たいした玉の輿《こし》や、と感心しとんのや」

「それがそうでもないのですよ」

「どういうこっちゃ」

「その白藤って遊女は、もともとは大店のお嬢さんだったたって話でしてね、生家が潰れて借金のカタに売られたそうですが、そこはやっぱりお嬢育ちだから」

「なるほど、そういうことでっか。元が商家の出なら、お内儀に据えても心配要らへん。これは案外、安い買い物かもしれまへんな」

「買い物って、あんた、それはあんまりな物言いですよ」

「行列はそろそろ川崎宿を出たやろか」

「間もなくこの辺りに差しかかるでしょう。今日の泊まりは神奈川宿ですかな」

こんなことを語り合いながら、二人は西へ去っていった。

佐吉は呆然《ぼうぜん》とした。

（お嬢さんがここを通る……）

こんな偶然があるのだろうか、と思い、否、偶然とも言いきれないと考え直した。

江戸の大店のほとんどは、上方に本店《ほんだな》を構えていて、江戸の店は出店《でだな》という形で経営している。

江戸に出向いた本店の主が、吉原で白藤を見初めて身請けをした。身請けしたからには上方に連れ帰ろうとするはずだ。そしてその通り道はこの東海道。まったく当然の話であった。

佐吉は生まれて初めて我が身を呪った。殺しの獲物を求めて、この場に隠れた自分の目の前に、あの、天女のようなお嬢さんが現れるとは。

佐吉は、天啓に打たれたような心地を味わった。

やはり、お嬢さんは天女そのものなのではないのか。生きながら地獄に堕《お》ちた佐吉の魂を救うために、現れたのではないのか。

東より道中駕籠《かご》を仕立てた行列がやって来た。駕籠は一丁、花嫁を人目から避けるためだろう、左右の垂れを下ろしている。駕籠の後ろには花嫁道具を積んでいるらしい長持が従っていた。その行列の周囲を番頭らしいお店者や手代、さらには丁稚《でっち》小僧と思《おぼ》しき者たちが囲んでいた。

佐吉は何も考えられなくなってしまった。隠れていた巨木の下からフラフラと彷徨《さまよ》い出て、東海道の乾いた土の上に立った。

頭上からジリジリと夏の太陽が照りつけてくる。街道は白く渇ききっていたが、それでも尚、濃い陽炎《かげろう》が立っていた。

陽炎の中を駕籠が近づいてくる。（幻のようだ）と佐吉は、陽炎に揺らめく行列を見ながら思った。

行列の先頭に立つ番頭が佐吉に気づいて、片手でちょっと笠をあげた。この瞬間だけ、訝しそうな目を向けてきたが、佐吉は呆然と立っているだけだ。殺し人とは思えぬ間抜けヅラを晒《さら》していた。

道の端に立っているし、長持を連ねた豪勢な行列に見とれている田舎者のように見えたのだろう、番頭は特に気にする様子もなく、歩み続けた。

ついに、花嫁を乗せた駕籠が佐吉とすれ違った。垂れは風を通すために荒く織られている。イグサの目の向こうに女の影らしきものが一瞬、透けて見えた。

駕籠はそのまま通り過ぎようとした。佐吉も首を巡らせて、視線で駕籠を追い続けた。

その時、突然に駕籠が止まった。

(いったい何が起こったのか)

訝しむ佐吉の目の前で、駕籠が地面に下ろされた。

駕籠の中の女が、丁稚小僧を呼んだらしい。

「へい、御寮《ごりょん》はん」

小僧が駕籠の脇で腰を屈める。なにやら聞き取って、頷いた。

そして、身を翻《ひるがえ》して佐吉のほうに走って来た。

子供ながら躾《しつ》けが行き届いている。職人姿の佐吉に向かって丁寧にお辞儀をした。

「お急ぎのところを、お訊ねいたします。もしや、あなた様は、薪屋の丁稚だった佐吉様ではございまへんでしょうか」

上方訛りの江戸言葉で訊ねてきた。

佐吉は、雷にでも打たれたような心地となった。

（お嬢さんが、俺のことを覚えていたのか！）

遠い昔の話で、佐吉も当時とはだいぶ面変わりをしている。それなのにお嬢さんは、一目で自分を薪屋の佐吉だと認めてくれた。

佐吉は感動のあまり全身を激しく震わせた。佐吉に常人の心があったなら、その場に突っ伏して滂沱《ぼうだ》の涙を流していたことだろう。

「そうでござんす。オイラは佐吉でございます」

ようやくにして答えた。

丁稚は「少々お待ちいただけますか」と断って、駕籠に戻った。それからまた一言二言、言葉を交わして戻ってきた。

「駕籠にいるのは、手前の主のお内儀にございます。元は越中屋という薬種問屋におりましたが、お心当たりがございましょうか」

佐吉は大きく頷いた。丁稚も頷き返した。

「お内儀は今日、江戸を離れます。今生、江戸に戻ることはございますまい。江戸の名残に見知ったお人と会えて嬉しい、話をさせてもらいたい、との言伝《ことづて》でございます。お急ぎでございませぬなら、なにとぞ、お内儀の我が儘《まま》におつきあいいただけませぬでしょうか」

佐吉はまたも、大きく頷いた。こちらから頼み込みたいぐらいの話であった。

丁稚は佐吉が同意したものと呑み込んで、

「それではこちらにお越しください」と、佐吉を駕籠の脇に案内した。

佐吉は、地面に両膝をついて首を垂れた。そのとき鼻先にふんわりと、馥郁《ふくいく》たる芳香が漂ってきた。内儀が着物に焚《た》きしめた香であったのだろう。だが佐吉は、これこそがお嬢さんの体臭なのだと信じた。

垂れの向こうで女の影が動いた。そして垂れがゆっくりと捲《めく》り上げられた。

佐吉は声がかかるのを待っていられず、目を上げてお嬢さんを見た。

その瞬間、駕籠の中からお嬢さんの腕が伸びてきて、俯いた佐吉の喉を真横から切り裂いた。

長持が急いで寄せられた。蓋《ふた》が開けられ、佐吉の死体が投げ込まれる。丁稚小僧は道に飛び散った佐吉の血の上に、乾いた土を丁寧に被せて隠した。

先ほど声高に語りながら街道を通って、花嫁行列の話を佐吉に聞かせた二人の男たちも戻ってくる。どうやら二人も一味の者で、佐吉がそこにいると見極めたうえで、あの話を聞かせたらしかった。

お峰は駕籠から降り立った。笠と杖を手にしている。帷子《かたびら》の上に旅塵除《よ》けの浴衣を着けていた。

「お行き」

商家の一行に化けた悪党どもを促した。悪党どもは佐吉の死体を乗せたまま、東海道を西へ上っていった。

お峰は脇道に入った。すぐさま、油断のならない目つきの若い衆が駆け寄ってきて、お峰の前で腰を屈めた。

「姐《あね》さんの手際、確かに見届けさせていただきやした。元締はこちらにおいでございやす」

腰を屈めたまま先に立って歩いていく。野原を踏み分けた先に、一軒の百姓屋が建っていた。

鶏がけたたましく走り回っている。庭には莚《むしろ》が広げられ、何かの穀物が干してあったが、百姓の姿は見当たらなかった。

その代わり、百姓屋の座敷に五十歳ほどの男が陣取って、悠然と煙管を咥《くわ》えていた。百姓屋の持ち主には金を払って借り受けたのであろうか。自分の屋敷であるかのように、大きな態度と顔つきであった。

この男は昨晩、佐吉の座敷を訪れた、あの老人であった。

お峰は座敷の前の縁側の下、庭の地面で屈みこんだ。

「佐吉を仕留めて参りました」

男は満足そうに目を細めた。

「油断のならねぇケダモノのような佐吉だ。この俺だってそうそう仕留められたもんじゃねぇ。それをたったの一度であの世送りにしちまうとは。お峰さんとやら、あんた、噂に違《たが》わぬ凄腕《すごうで》だねぇ」

「天満屋《てんまや》の元締からお褒めの言葉を給わり、身の竦《すく》む思いでございます」

それがこの男の通り名であるらしい。

殺し人の元締は、歳に似合わぬ綺麗な歯を見せて笑った。

「それもこれもあんたの流儀か。狙った相手の弱みを調べ尽くして、その隙を突こうっていう」

「あい。あの佐吉という男、確かに獣のように敏捷《びんしょう》で勘が鋭く、滅多なことでは隙を見せませぬ。しかし、あの男が唯一我を忘れて、油断だらけとなってしまう相手があったのです。それが、越中屋のお嬢あがりの白藤でございました」

「よくもそんな話を突き止めたもんだな」

「吉原には手前の息がかかった遊女がいくらでもおりますので」

「ふん。恐ろしい女だ。さては薄々こうなることを察していやがったな」

「山嵬坊には世話になっておりましたのでね。山嵬坊が雇った殺し人の、裏切りに備えるのは当然のことかと」

「恐ろしい女だよ」

元締はそう言ってから、何を思ったのか、険しい眼差しを欄間の辺りに向けた。

「それほどのお前さんを散々に出し抜くとは。南町の八巻、噂に違わぬ強敵のようだね」

「あい。八巻のお陰で手前も、江戸にはいられぬ身となりました」

元締は大きく息をついた。

「まぁあんたも、ゆるゆると上方で骨休めをしてくるのがいいだろうさ」

懐から一枚の何か書かれた紙を取り出した。

「約束の手形だ。腕っこきの職人に作らせた。箱根の関でも見破られる心配はいらない」

偽造の往来手形を元締の配下が受け取って、お峰の前に差し出した。

「ありがとう存じます」

お峰は手形を細く折り畳んで、帯の間にしまった。

元締は大きく頷いた。

「山嵬坊が獄門台送りとなって、これで江戸の目ぼしい大悪党はいなくなった。言い換えりゃあ、一瀉千里《いっしゃせんり》の草刈り場だ。江戸を我が物にしようってぇ悪党どもが、北から西から、街道に沿って大勢乗り込んでこようぜ。南町の八巻サマも、席の暖まる暇がなくなるだろうよ」

「あい」

「やつがれは悪党の手引きで一稼ぎさせてもらうとするよ。隙あらば、八巻を討ち取ってみるのも面白い」

お峰は何も言わない。八巻の正体が三国屋の若旦那だという事実も、誰にも漏らしはしなかった。お峰はお人好しではない。（その程度のことを自分で見抜けなくてどうする）という話であった。

それどころか心のどこかでは、自分ですら倒せなかった八巻が、その辣腕《らつわん》ぶりを発揮して悪党どもを成敗していく様を心待ちにしている、そんな気持ちですらあったのだ。

そうとは知らぬ天満屋の元締はお峰に目を向けた。

「その時はあんたの腕を借りることもあるかも知れない。ま、安くつく話ではないことも知っているよ」

元締は、傍らに置いてあった袱紗《ふくさ》の包みを突き出してきた。

「佐吉を殺した仕事料だ。上方までの路銀には十分だろう。持っていってくれ」

「かたじけなく存じます」

お峰は、虫も殺さないような顔つきで、深々と低頭してみせた。

五

「ふわぁぁっ」

卯之吉は大きなあくびをした。

山嵬坊一派を捕縛したので、ようやく羽を伸ばすことができるようになった。

それをいいことに昨晩は得意の遊興に出たのであるが、羽目を外しすぎて朝帰りとなってしまったのだ。

しかもこの日は出仕の日。酒臭い息を吐きながら詰所の火鉢の前で舟をこいでいたところを見つかって、市中見廻りに追い出されてしまった。

昼下がりの大道をあくびをしながら歩いている。町奉行所の同心としては、はなはだ格好のつかない姿だ。

と、そこへ、荒海ノ三右衛門が血相を変えて走ってきた。

「旦那ッ、大変《てえへん》だ！　鶴見川に土左衛門《どざえもん》が揚がりましたぜ！」

「鶴見川？」

相模《さがみ》の国を流れる川だということぐらいは知っていたが、なにゆえ他国の水死体なんかについて報告してきたのかが理解できない。

「町奉行所の支配は墨引きの内だからね。品川より西は別のお役所の御支配地だ。そっちに報せに行くといいよ」

真顔で答えると、三右衛門はますます焦燥《しょうそう》した顔つきで答えた。

「なにご冗談を言っていなさるんですかい！　その土左衛門がどうやら、旦那のお屋敷を襲った曲者《くせもの》らしいんですぜ！」

「なんだって」

「やたらと長《なげ》ぇ手足の、十七八《じゅうしつぱち》の若造で」

「そんなお人なら、世の中にいくらでもいなさるだろうさ」

「その死に様が只事じゃねぇんでさぁ！　咽《のど》ッ首を刃物で掻《か》っ切られて……。あれは殺し人仲間の制裁に違《ちげ》ぇございやせん！　旦那を仕留め損なったうえに、山嵬坊までとっ捕まっちまったもんだから、その責めを負わされたのに違ぇねぇんで！」

卯之吉も少しばかり沈鬱《ちんうつ》な気分になってきた。

「美鈴様に、面体を検《あらた》めてもらったほうがいいかも知れないねぇ」

「あの女剣客も、殺し人のツラぁ、拝んでいやがるんですかい」

三右衛門は卯之吉のことを凄腕の剣豪だと勘違いしている。殺し人を撃退したのも卯之吉一人の働きだと信じていた。

「うん。そうしよう。悪いけどね、手配りしてもらえるかい」

「合点で。街道筋にはあっしの兄弟分がいくらでもおりまさぁ。任せといておくんなさい」

三右衛門は美鈴を連れ出すために八丁堀の屋敷へと走っていった。

「なんだか、面倒なことになったねぇ……」

三右衛門の背中を見送りながら卯之吉が呟くと、銀八がおどけた仕種を取りながら答えた。

「これで、旦那の夜遊びを邪魔するお人は消えたでげすよ！」

卯之吉もニッコリと微笑んだ。

「そうだねぇ。それじゃあ今夜はパーッと遊ぼうか。美鈴様もいないことだし、お小言をいう人もいないからね」

「合点で。吉原の大黒屋《だいこくや》さんに報せを入れておきますでげすよ！　ああ、久方ぶりに吉原で幇間芸を披露できるんでげすなぁ！　腕が鳴るでげす。あっしも少しばかり心が弾んで参りましたでげすよ！」

銀八は飛び跳ねるような足取りだ。卯之吉は片手の扇子で扇《あお》ぎながら、ほんのりと微笑を返したのであった。

双葉文庫

は-20-08

大富豪同心《だいふごうどうしん》

刺客三人《しかくさんにん》

2011年12月18日　第1刷発行
2024年 3月25日　第10刷発行

【著者】
幡大介《ばんだいすけ》

【発行者】
箕浦克史
【発行所】
株式会社双葉社
〒162-8540 東京都新宿区東五軒町3番28号
［電話］03-5261-4818(営業部)　03-5261-4833(編集部)
www.futabasha.co.jp(双葉社の書籍・コミックが買えます)
【印刷所】
株式会社新藤慶昌堂
【製本所】
大和製本株式会社
【カバー印刷】
株式会社久栄社

【フォーマット・デザイン】
日下潤一

ISBN978-4-575-66537-6 C0193
Printed in Japan